望雲窗诗稿

若干詩後附有自注，以備參閱。

八十初度久不為詩生疏日甚不暇工拙也

古人七十已言稀
八十而今未足奇
好是煖春都得近
喜教寒雪更能移
循環天道去來復
飲啄人間慶有頤
我忘修生任時變
從他死越是心期

周易頤卦：「上九。由頤。厲吉。利涉大川。」象曰：「由頤厲吉。大有慶也。」

栢廬初稿

陳汝栢教授墨寶

賀歐慈棣獲北京師大博士學位

卅年積學苦功錚，抱璞懷珠羨此儒。
多識前言知有德，何天高翅杜通衢（注）。
江湖跌宕嗟予晚，國故顛危賴汝扶。
任重自堅寧懼遠，喜看吾道日非孤。

注：易大畜象辭：「君子以多識前言往行以畜其德。」又上九：「何天之衢，亨。」
小象：「何天之衢，道大行也。」識讀作志，記也。

栢廬吟稿

陳汝栢教授墨寶

〔雙調〕秋風第一枝

喜讀大作①，因賦顯慈先生

（二〇〇五年元月十六日）

蕭自熙

漢卿〔仁甫〕東籬，
君究三家，
探索幽秘。
天馬行空，
獨開蹊徑，
師指津迷。
花入畫鮮活豔質，
果成書大小珠璣。
樂得來風也輕吹，
聲也相隨；
笛也輕吹，
韻也相隨。

注：大作，指馬顯慈之《關漢卿白樸馬致遠三家散曲之比較研究》一書。

蕭自熙先生墨寶

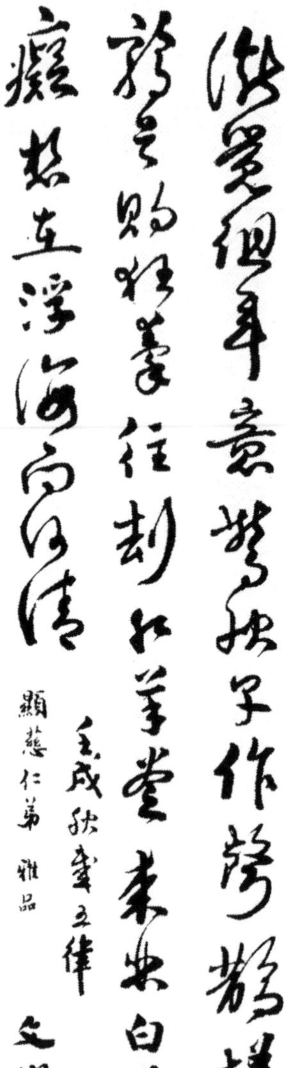

蘇文擢教授墨寶

目錄

丙篇

丁篇

戊篇

己篇

《望雲窗詩稿》序

在不少人的印象中，馬顯慈兄是語文教育學者，也是研究文字、聲韻的專家。其實，他能寫舊體詩，而且詩作不少，可比得上現代以詩名世的詩人。只是他不常在報刊公開發表詩作，這符合他行事低調的性格，於是他的同事、學生，知道他能寫詩而又喜寫詩的人，就不多了。

據我所知，顯慈兄在年輕時已能寫舊體詩，因爲他得到良師的指導，同儕好友，又不乏時相酬答的詩人，這使他有不斷砥礪、競勝的機會，難怪他寫起詩來，在記事、寫景、言志、抒懷方面，能如出脣吻，暢所欲言。《望雲窗詩稿》，是顯慈兄多年來的古典詩歌創作，主要是七律，另有五律、五古及七絶。書中把詩分爲六部分：甲、乙篇是詠古代文哲、軍政者，丙篇是詠文學類人事，丁篇是酬答之作，戊篇是抒發感興，己篇是記述遊蹤。各篇中的作品，頗多附有作者自注，對讀者來說，是有用的參考資料，這些資料，既有助於詩旨的探究，又有助於知識的增益。下面試舉一些例子談談，藉以顯示本書的內容和特色。

本書甲篇有詩百多首，其中詠孔子詩只有十二句，就概括了孔子的生平、思想、影響，與千言萬語的述論比較，可說言簡意賅。詩中出現益友、九思、立人、立德、求學、求知等話語，作者自注只引述《論語》原文印證詩句，不加任何說明，已深化了詩的內涵。細讀本書其他自注文字，我的印象是：大多言而有據，文無廢辭。又同篇中有詠司馬遷詩，短短八句，把史遷的師承和《史記》的撰作宗旨、特色、貢獻，都說到了。在自注中，作者只舉班固《漢書．司馬遷傳》的史文，就足以說明史遷眞「有良史之材」。又本書乙篇有詩三十多首，詩中所詠，是由先秦至清的著名歷史人物，可說是述史之詩，如果有人用來作爲講授國史的輔佐教材，亦未嘗不可。

本書丙篇有詩七十多首，內容主要是詠中國古典文學作品的事和人，如詠章回小說，只用了八句，把我國文學史上著名的長篇小說，都提到了。難得的是，詩中提到這些名著所蘊含的意義，用語精要，如：《西遊記》、《三國演義》藏天道；《水滸傳》、《金瓶梅》寓禪理；《紅樓夢》講愛恨、色空、生死。這些概括語，或許未必人人同意，但確實言有所據，對讀者有提示、啟發的作用。除了章回小說，丙篇中還涉及傳奇、話本、雜劇的述說，都是通過詩的形式，向人傳達了文學史上的重要知識。

本書丁、戊、己三篇，共有詩一百三十多首，內容屬作者的交遊和感興，讀者可從中了解作者的志趣和感慨。丁篇的詩，有好幾首是作者酬答老師之作，從這幾首詩，可以看到作者特別尊師重道，不忘本，如〈念王傳忠師賦五古一首〉、〈次韻（陳）汝栢恩師國學研讀會成立賀章〉、〈次韻汝栢吾師丙戌元旦試筆〉、〈敬謝汝栢吾師見贈謹次其韻〉、〈敬謝恩師贈詩步韻〉、〈次韻汝栢吾師中文大學四十周年志慶〉、〈和汝栢恩七律一首〉、〈念蘇（文擢）師七律一首〉、〈緬懷王（韶生）師賦七律一首〉、〈答酬蔡（逍遙子）師〉、〈拜謝恩師王寧教授〉諸作，可見一斑。戊篇的詩，不乏言志、述懷之作。如〈讀陶詩步《移居》（其二）韻〉，詩中表達了作者仰慕陶淵明和愛讀陶詩之情，並表示要效法陶氏的退藏隱逸，還我本眞。在現實生活中，身爲現代人的作者，雖未能眞的退隱，但他行事低調，不汲汲營求，頗有隱於市的意味，正是陶氏性格一端的表現。又在〈學海〉詩中，作者自述有志教育工作，孜孜不倦，數十年如一日；中經風浪，仍堅守崗位，以作育英才爲己任。這首詩，雖屬個人言志，但可贈給眞正努力不懈、終身從事教育的教師。己篇的詩，記述遊蹤，遍及桂林、蘇杭、海南島、長春、重慶、華山、西安、勉縣、漢中、無錫、澳門、巴黎、倫敦、東京、北海道、京都等地，不失詩人好遊的本色。詩中述事、寫景，逸興遄飛，令讀者如歷其境。自注文字簡淨，既敘同遊的人和事，又寫遊地景色，猶似遊記小文。

讀詩的人，常會各有所好，或喜學人之詩，或喜才人之詩。把詩析分爲二，只是約略歸類，不大確切。其實學人之詩，可兼有才人的文采；才人之詩，也可兼有學人的學識。我國文學史上，不乏兼有學人、才人表現的作品。不過，學人之詩，到底以文化內涵見長，文采內斂；才人之詩，到底以藝術技巧見稱，文采張揚。《望雲窗詩稿》整體來說（包括自注文字），措詞雅潔，文化內涵豐富，我以爲屬文采內斂的學人之詩，顯示了作者具有學者、專家的本色。甲、乙、丙篇的詩，固然是如此，即使丁、戊、己篇的詩，在酬答、感興、記遊之餘，也時時透露文化消息。葉燮《原詩》云：「詩是心聲，不可違心而出，亦不能違心而出」；又云：「詩以人見，人又以詩見。」他的說法，可應用於《望雲窗詩稿》。顯慈兄初入職中學和教育學院，後轉職香港公開大學教育及語文學院。在不同階段的工作過程中，顯慈兄盡心盡力，克盡厥職，這是大家所知道的。可是，他的表現，似乎沒有獲得相應的回報，這又是許多人所知道的。顯慈兄偶或有不平之念，但他的詩，並沒有憤憤嗟怨，也沒有惻惻愁哀，因爲他心慕陶淵明，性近園田。他有時會想起陶詩「望雲慚高鳥」（語見陶詩〈始作鎮軍參軍經曲阿〉）而感觸，自慚不如自由高翔之鳥，有脫身塵俗羈絆的期望。不過，他不消極，原來他的立志，正如〈學海〉一詩所說，是「盡心忍性弘吾道，栽育莪苗繼志堅」，可知他是一位重視傳統文化，既勤奮又用心的學人和教育工作者。

近日得讀《望雲窗詩稿》，引發了一些想法，姑且記下，就作爲序文罷！

李學銘　二〇二二年春

於新亞研究所（香港）

案：《望雲窗詩稿》乃筆者多年來之古典詩歌創作，主要為七律，另有五律、五古及七絕。詩稿分六篇：甲、乙篇為古代文哲、軍政者，丙篇為文學類人事，丁篇答酬，戊篇感興，己篇遊蹤。若干詩後附有自注，以備參閱。

甲篇

老子

老子經文玄又玄，可名可道亦恆言。千秋詮解成千說，一變衍生復一元。
九九重章重釋理，三三不盡不離源。修眞本是修心智，萬象同宗萬法門。

註：《道德經．第一章》：「道可道，非常道；名可名，非常名。……玄之又玄，衆妙之門。」《孟子．離婁上》：「人有恆言，皆曰天下國家。」《道德經》全文共九九八十一章，三字句式表述，言簡而義精。

孔子

道弘周末世，仁者孔仲尼。百行本於孝，六經一貫之。修身三益友，君子九重思。

禮樂千秋誦，詩書萬載宜。立人兼立德，求學更求知。有教無分類，儒家至聖師。

註：子曰：「益者三友，損者三友。友直，友諒，友多聞。」子曰：「君子有九思：視思明，聽思聰，色思溫，貌思恭，言思忠，事思敬，疑思問，忿思難，見得思義。」（《論語・季氏》）子曰：「不患無位，患所以立。不患莫己知，求為可知也。」（《論語・里仁》）

孟子

亞聖孟夫子，二傳自仲尼。四端發善性，十字最珍奇。高論民爲貴，放心無所私。推恩及老幼，不忍勝王師。蜀昶尊軻說，入經天下知。流芳千百代，仁義永堅持。

註：宋・陸九淵《象山集・象山語錄上》：「孟子十字打開更無隱遁，蓋時不同也。」十字者，「民為貴，社稷次之，君為輕」，見《孟子・盡心下》。孟子云：「學問之道無他也，求其放心而已矣。」（《孟子・告子上》）秦漢時，《孟子》未入經，五代十國後蜀孟昶刻《孟子》為當世十一經之一。

荀子

荀況蘭陵令，上卿任趙京。宗儒倡禮義，性惡說成名。天道具常理，異同須辨明。
徵知當薄類，虛靜而專精。學至於行止，養心須致誠。論非十二子，千載有鏗聲。

註：荀子，名況，生於趙國。曾任楚蘭陵令及趙孝成王上卿。《荀子・不苟》：「君子養心莫善於誠，致誠則無它事矣。」〈非十二子〉評先秦學者它囂、魏牟、陳仲、史魚酋、墨翟、宋鈃、慎到、田駢、惠施、鄧析、子思、孟軻十二人。

莊子

戰國宋莊周，道高德學優。宏觀齊物論，妙構逍遙遊。人合一天地，哀思萬古流。
寓言十有九，實論百世憂。夢蝶說虛幻，往生喻解牛。盤歌悼妻死，枕臥戲骷髏。
哲理傳中外，名揚譽不休。

註：《莊子》世存三十三篇，分內篇、外篇、雜篇三部分。〈逍遙遊〉、〈齊物論〉、〈養生主〉等七篇為內篇。

列子

列子沖虛經，南華道德並。寓言說死生，齊一順天命。貴正至眞人，是非止守靜。
內觀照己身，渾化通佳境。無極無終始，歸空歸本性。子陽粟不啗，慧眼明如鏡。
八卦御風臺，於今仍在鄭。

註：列子不受鄭子陽粟，《莊子・雜篇・讓王》、劉向《新序・雜事・節士》皆有記載。今鄭州東劉家崗建有列子八卦御風臺位。本詩用去聲敬韻。

韓非

韓非本儒者，受業於荀卿。高論二十卷，始皇親覽評。八姦與五蠹，百世有嘉名。

法術勢三合，推行懾六京。讒言因嫉妒，口吃難爭鳴。屈罪君將赦，獄中毒殺成。

註：韓非所論二十卷，合共五十五篇。〈八姦〉、〈五蠹〉乃其中篇名。《史記．韓非列傳》云：「非為人口吃，不能道說，而善著書。與李斯俱事荀卿。」《史記正義》謂：「（吃）音訖。」「吃」，居迄切。見《廣韻．九迄》：「語難。《漢書》曰：『司馬相如吃而善著書也。』」韓非被李斯遺毒藥殺害事，詳見《史記》本傳。

屈原

荊楚三閭屈大夫，經綸滿腹志鴻圖。外交辭令蜚聲遠，內政嚴明振國都。

詩賦文章千古一，忠貞肝膽世間無。離騷天問皆奇絕，殉死汨羅民痛呼。

註：《史記・屈原列傳》：「（屈原）博聞強志，明於治亂，嫻於辭令。入則與王圖議國事，以出號令；出則接遇賓客，應對諸侯。」

宋玉

宋玉遺篇存十六，盛名好色與高唐。登徒何以趨之急，神女虛無念不忘。
九辯寄言明士志，一伸規勸諫君王。寒微身世終難用，白雪殘碑留楚鄉。

註：宋玉名作有〈登徒子好色賦〉、〈高唐賦〉、〈神女賦〉、〈九辯〉、〈招魂〉等。鄢郢宋玉墓，清人曾重修，碑文云：「陽春白雪千人廢，暮雨朝雲萬古疑」。

賈誼

大漢長沙賈太傅，先生才氣振侯門。成名傑作過秦論，流放哀歌弔屈原。

上呈文帝治安策，拜獻賢君積貯言。咎悔梁王揖墮馬，英年殤逝淚悲吞。

註：賈誼年三十，與梁懷王劉揖入朝。文帝十一年，劉揖墮馬身亡，賈誼自責甚深，翌年憂鬱而死。事見《漢書》卷四十七及本傳。名作有〈過秦論〉、〈弔屈原賦〉、〈治安策〉、〈論積貯疏〉等。

司馬相如

才華橫溢漢相如，琴筆神來天上仙。丹鳳求凰成美眷，同心賣酒往邛遷。
子虛佳構驚武帝，及晚藏章勸封禪。班志賦文存廿九，於今留世六瓊篇。

註：按班固《漢書．藝文志》所記：「司馬相如賦二十九篇」。今存〈子虛賦〉、〈上林賦〉、〈大人賦〉、〈長門賦〉、〈美人賦〉、〈哀二世賦〉諸篇。

卓文君

一見鍾情意合時，風流才子更迷癡。鳳求凰曲春芳動，卿愛佳人美貌姿。
賣酒當壚甘苦賤，拋家背父棄財資。鴛鴦雙宿同心結，富貴他朝不變移。

註：司馬相如彈奏〈鳳求凰〉打動卓文君。文君為西漢臨邛人，父為冶鐵商。

鄭子眞

谷口雲陽鄭子眞，志堅求道漢高人。將軍禮遇難爲動，隱士修身不染塵。
巖下躬耕甘淡薄，心清孤賞候回春。煙霞洞裏長虛靜，萬古石祠映月銀。

註：鄭子真，名樸。少時躬耕於雲陽谷口。漢成帝時，大將軍王鳳曾以禮相聘，鄭氏不應。生平及軼事，詳見班固《漢書》本傳、揚雄《法言》、趙歧《三輔決錄》及常璩《華陽國志》。

東方朔

思聰才廣東方朔，金馬門前候召傳。氣宇昂藏身九尺，上書自薦牘三千。
泰階辨象六符驗，狂士悲陳七諫篇。冷遇俳優無可用，振聲鴻鵠獨飛天。

註：東方朔曾向武帝進言：「願陳〈泰階六符〉，以觀天變」，撰有〈七諫〉、〈答客難〉等名作。有關事蹟及其著述，詳見司馬遷《史記．滑稽列傳》、班固《漢書》本傳及〈藝文志〉。

司馬遷

師承董子孔安國，識博文修道統深。學問家傳繼史令，究天人際通古今。
直言實錄不虛美，體例新開有法箴。絕唱宏篇百三十，光輝永耀萬世欽。

註：班固《漢書．司馬遷傳》：「自劉向、楊雄博極群書，皆稱遷有良史之材，服其狀況序事理，辯而不華，質而不俚，其文直、其事核，不虛美、不隱惡，故謂之實錄。」

劉歆

皇裔宗親漢劉歆，家存百代典藏森。五行傳論天人志，七略弘開目錄林。
統曆精修鐘韻律，學官設議古而今。興新革舊復周制，弼莽貽災悔不禁。

註：劉歆撰有《五行傳》，論說天人，另有《鐘律書》，辨析音律。據父劉向所纂《別錄》，編修成《七略》，此為首部圖書分類目錄。

班固

東漢扶風班孟堅，群書博覽學深淵。壯觀雍洛兩都賦，詠史弘開五言篇。
無愧馬遷撰奇作，大成白虎通義編。蘭臺衛道保邦國，親竇招風受罪牽。

註：魏晉・傅玄：「觀孟堅《漢書》，實命世之奇作。」詳見劉知幾《史通》引。明・王鏊《震澤長語・文章》云：「班固《西漢書》，典雅詳整，無愧馬遷，後世有作，莫能及矣。」

鄭眾

德崇學博漢先鄭，經訓方家大司農。三統曆明新算法，六書體制任前鋒。
固無下拜使西域，義不逢迎守帝宮。唐宋追封登孔廟，位同名哲享尊崇。

註：鄭眾，字仲師，有家學，精通《易》、《詩》、《三統曆》、《春秋左氏傳》。曾持節出使匈奴，有氣節，不懼威逼，「固無下拜」（語見梁・蕭繹〈鄭眾論〉）。鄭眾生平詳見《後漢書》本傳。

賈逵

賈逵家學有淵源，系出長沙太傅門。解詁詩書明義理，銅儀黃道究乾坤。
九年九運一周轉，五疏五經百萬言。問事不休尋底蘊，舌耕振古德名尊。

註：漢有兩賈逵，今說經學家賈景伯乃賈誼九世孫，著有《春秋左氏傳解詁》、《尚書古文同異》、《毛詩雜義難》等。賈逵精通天文曆法，提出「九歲九道一復」之說，「問事不休」、「舌耕」及「振

古」典事，分別見於《後漢書·律曆中》、本傳及王嘉《拾遺記》。

許慎

道統專精師賈逵，五經國故博而深。無雙美譽聞天下，一士英名耀古今。
考據說文尋墜緒，辨形解字力鈞沈。弘揚樸學千秋頌，功德永垂百代歆。

註：許慎師從賈逵，曾任太尉府祭酒，有「五經無雙許叔重」美譽。

班姬

團扇名詩出祖姑，班姬享譽曹大家。授徒伏讀東觀閣，博學高才女匹夫。
補撰漢書修八表，弘揚婦德誡七謨。一篇淚疏動君帝，老將終能返故都。

註：鍾嶸《詩品》評班姬詩：「〈團扇〉短章，詞旨清捷，怨深文綺，得匹婦之致。侏儒一節，可以知其

工矣」。此為班氏祖姑班婕妤，漢成帝妃。《後漢書．列女傳》：「時《漢書》始出，多未能通者，同郡馬融伏於閣下，從昭受讀。」昭，班姬名。班昭為兄上疏事，詳見《後漢書》本傳。東觀，地名，觀字應讀仄聲，今按詩律作平聲。

張衡

南陽聖地有張衡，地動渾天今古驚。九道鼓車新算法，獨飛輪莢發明精。
儷辭招隱弘七辯，文彩含英賦二京。晚有四愁詩妙構，思玄風角享嘉聲。

註：張衡精天文、地理、數學、科學、文學、風角術，其科技學術出眾，發明甚多，有九道法計算日曆，自動日曆瑞輪莢，計算里程之計里鼓車，飛行器獨飛木雕等。文學名作有〈二京賦〉、〈思玄賦〉、〈歸田賦〉、〈七辯〉、〈四愁詩〉等。

馬融

名將姪孫馬季長，早年求學南山端。拜師摯老通儒道，受任郎中校東觀。
獻賦皇廷感漢帝，上書倡議抗烏桓。幾番跌宕罪髡首，絳帳授徒振杏壇。

註：馬融，伏波將軍馬援侄孫，早年從隱居南山學者摯恂習儒術。安帝時，呈〈東巡頌〉，受任郎中。

鄭玄

兩漢大成鄭司農，注經疏解有高功。師承第五通周易，遊學關西事馬融。
入室操戈驚滿座，坐橋據屐道歸東。家中避錮夢先聖，歲在龍蛇知命終。

註：鄭玄初隨第五元先學《京氏易》、《公羊春秋》、《三統曆》、《九章算術》，又從張恭祖習《周官》、《禮記》、《左氏春秋》、《韓詩》、《古文尚書》，後到關西聽馬融講課。《世說新語》有記鄭玄「坐橋下，在水上據屐」事。鄭玄夢見孔子之事，詳見《後漢書》本傳。

蔡邕

篆隸功深筆力堅，破鋒飛白勢如川。述行獨斷青衣賦，修撰東觀漢記篇。
密奏陳情言七事，上書表荐位三遷。焦琴柯笛聲奇絕，聽韻知音辨殺弦。

註：蔡邕自創飛白書體，著有〈述行賦〉、〈獨斷賦〉、〈青衣賦〉，曾參與續修《東觀漢記》。七事、三遷、聽弦等事，詳見《後漢書》本傳。

孔融

先聖鴻儒德業崇，幼承庭訓漢孔融。貞誠爲友爭先死，耿直放言志不窮。
遠鎮黄巾平北海，澤被黔首饗南宮。赤心隆義抗奸亂，力戰横邪亮劍鋒。

註：孔融，字文舉，魯國人，孔子二十世孫。孔氏為張儉而爭認罪事，詳見《後漢書》本傳。

王粲

建安文首王仲宣，絕世雄才當領先。征戰長沙三輔論，委身羈旅七哀篇。
憂懷獨步登樓賦，卓著英雄記傳編。尚有從軍歌五首，驢鳴傷逝在烽煙。

註：王粲，字仲宣，建安七子之一。著作甚豐，名作有〈三輔論〉、〈七哀詩〉、〈登樓賦〉等。劉勰《文心雕龍・才略》：「仲宣溢才，捷而能密，文多兼善，辭少瑕累，摘其詩賦，則七子之冠冕乎。」《隋書・經籍志》：「《漢末英雄記》八卷，王粲撰，殘缺。」今存《三國志》有收《英雄記》。

蔡琰

家學淵深蔡文姬，屢逢厄困勢難移。夫妻死別遭胡擄，骨肉分離歸漢遲。
赤腳單衣來乞救，默書百卷盡無遺。弦琴眞草堪超絕，尚有雄篇悲憤詩。

註：蔡琰，一字文姬，有兩段婚姻，求曹操救夫婿董祀及繕寫書卷事，詳見《後漢書．列女傳》。蔡文姬〈悲憤詩〉共兩首，一為五言，一為騷體，收錄於傳中。

曹植

七步奇才曹子建，五言古體領風騷。少年壯志賦銅雀，游俠英姿馳白鷙。
弘業爭功遭迫害，同根忌恨苦煎熬。洛神淚濺終離散，雅怨情深骨氣高。

註：〈銅雀臺賦〉、〈白馬篇〉（又名〈游俠篇〉）皆曹植少年得意之作。鍾嶸《詩品》評曹植詩為上品，云：「骨氣奇高，詞采華茂，情兼雅怨，體被文質，粲溢今古，卓爾不群」。

阮籍

陳留阮籍酒中仙，狂傲步兵醉裏眠。鄙視威權翻白眼，乍聞訃告哭紅妍。

情傷鬱結心悲慼，歸趣難求旨放淵。遺世詠懷八十二，五言風雅韻長傳。

註：阮籍曾任步兵校尉，世稱阮步兵。鍾嶸《詩品》評阮詩：「厥旨淵放，歸趣難求」。阮籍有五言詠懷詩八十二首傳世。

嵇康

曹魏郎中嵇叔夜，詩琴兼善性高孤。緣慳半顆丹成石，愧報三千太學儒。

七不堪兮二不可，生無媚矣死無辜。廣陵清散廣陵訣，得罪奸邪被殺誅。

註：嵇康，字叔夜，竹林七賢之一。與山濤絕交提出「七不堪」、「二不可」之說，詳見其〈與山巨源絕交書〉。嵇康善琴，因彈〈廣陵散〉而享有高譽，此樂曲名早見於魏．應璩〈與劉孔才書〉：「聽廣陵之清散」。嵇康臨刑撫琴之事，詳見《晉書》本傳及《世說新語》。

石崇

青州石崇號齊奴，大雅思歸出晉都。酒食奇珍屏錦布，金銀收掠海商途。
雄豪款客宴金谷，殉死層樓墮綠珠。恃勢奢橫鬥司馬，遭奸謀害被誅屠。

註：石崇，小名齊奴，青州人。名作有〈大雅吟〉、〈楚妃歎〉、〈王昭君辭〉等。《晉書》有傳。

陸機

三代封侯功業熙，雄兵統領陣如棋。太康英傑精書法，冠世鴻篇勝戰旗。
二陸駢文千古絕，八王七里一聲悲。華亭鶴唳難重聽，冤死渾天雨雪飛。

註：陸機祖父為三國吳大將陸遜，父親陸抗為東吳大司馬。陸機、陸雲兄弟文武兼修，皆精駢文。陸機曾統兵二十萬伐司馬乂，敗於七里澗，死於八王之亂世。

陸雲

六歲能文猛將家，與兄齊譽禮張華。品敦儒雅剛而武，筆睿思精敏以嘉。
德比顏回通義理，箴規周處去橫邪。畢生耿直招誅劫，遺著新書論不誇。

註：《文心．才略》謂陸雲「敏於短篇」。《晉書》本傳記時人有評雲為當今顏回，開導周處事見《世說新語．自新》。陸雲著有《新書》十篇，存於當世。

郭璞

郭氏景純晉世卿，學高狂傲有名聲。五行布局勘風水，八卦變爻鬥陣營。
釋典疏箋通訓詁，遊仙求道煉丹精。先知命盡在當日，問卜招災陷死刑。

註：郭璞為王敦占卜戰事而被殺，詳見《晉書》本傳。

葛洪

西晉葛洪師左慈，精修道術築深基。棄榮寡欲忘生死，抱朴煉丹守坎離。
柳葉青蒿治惡疾，玉函方藥正扶危。千秋德澤遍天下，禪寺靈峰香火熙。

註：葛洪，《晉書》有傳，其作《抱朴子》分《內篇》二十卷，《外篇》五十卷。浙江寧波有靈峰禪寺，據聞葛氏曾在此修練。

王羲之

瑯邪書聖王羲之，橫逸奇才志不阿。入木三分劃似劍，獨門八法趯如戈。
龍飛金闕池墨洗，筆舞黃庭籠白鵝。名作蘭亭存萬世，行楷第一最崇科。

註：王羲之曾在溫州任永嘉郡守。按《溫州府志》記載：「墨池，在墨池坊，王右軍臨池洗硯於此。」換鵝典事，詳見《晉書》本傳。

王獻之

入品三希有獻之，承傳家學世皆知。二王書法聞天下，一筆勾連創韻姿。
隸草行鋒最老辣，八分走勢亦新奇。中秋鴨洛堪佳妙，雙絕鵝池父子碑。

註：清乾隆設三希堂收藏古代名帖，其中包括王羲之〈快雪時晴帖〉、王獻之〈中秋帖〉。王獻之名作尚有〈洛神賦帖〉、〈鴨頭丸帖〉。鵝池碑今仍在浙江紹興蘭亭鎮。王獻之生平事略見《晉書》本傳。

江淹

家境孤貧學海游，次門寒士出徐州。神來五色筆雄健，庭佐三朝官任浮。
恨別駢文雙絕賦，風流百代並千秋。胸藏萬卷焉才盡，知退江郎向晚收。

註：江淹歷仕宋、齊、梁三朝，曾任南徐州從事、奉朝請，職任卑微。名作有〈恨賦〉、〈別賦〉。

謝靈運

家學淵深志意堅，雄才一斗傲儕賢。少承祖蔭二千户，創撰文存卅六篇。
書法龍蛇宗書聖，山居閒逸詠山川。玄言佛理融佳構，情景相交尚自然。

註：謝靈運，本名公義，陳郡陽夏縣人氏。東晉、劉宋時大臣。山水詩派之祖，精研佛道，母為王羲之外孫女劉氏。《南史・謝靈運傳》：「天下才共一石，曹子建獨得八斗，我得一斗，自古及今共用一斗。」按《隋書・經籍志》所錄，有著作三十六卷。

謝朓

鬱悶登樓望眼穿，宣城無奈擬歸田。風華麗俊對工巧，山水融情氣萬千。
聯句精思會八友，五言獨步二百年。詩中有畫開新創，逮及唐朝騷客延。

註：謝朓，字玄暉，曾任宣城太守，於宣州陵陽建有一樓，世稱謝朓樓。《梁書・武帝紀》：「竟陵王子

良開西邸，招文學，高祖與沈約、謝朓、王融、蕭琛、范雲、任昉、陸倕等並遊焉，號曰八友。」北宋．孔平仲《續世說．文學》：「齊謝朓長於五言，沈約曰：『二百年來無此詩。』」明．胡應麟《詩藪》：「玄暉為唐調之始，唐人多法宣城。」

鮑照

家世寒貧氣運浮，元嘉鮑照志難酬。參軍邊塞詩雄壯，明遠抒懷賦恨愁。
律韻推新先李杜，清幽樂府繼曹劉。蕪城短節深哀怨，百世馨香譽不休。

註：鮑照，字明遠，南朝宋人，曾任參軍，《宋書》有傳。詩、賦、駢文皆精擅，名篇有〈擬行路難〉、〈代白頭吟〉、〈蕪城賦〉。

陶潛

五斗米糧何足貴，八旬官罷斂衣歸。縱然貧賤逆難受，豈可任人亂指揮。
退隱田園獨採菊，遠離宦海志無違。孤芳自賞存名節，歲月隨心靜掩扉。

註：陶淵明〈歸去來兮辭並序〉云：「仲秋至冬，在官八十餘日。」

沈約

江東沈約望名殷，群籍博通事廣聞。特進加封兼少傅，人倫師表譽清芬。
四聲八病析音律，一仕三朝輔帝君。明識才橫遭貶棄，雨絲衣扇記休文。

註：沈約，字休文。南朝梁開國功臣，晚年受朝廷加封特進及為太子少傅。朝臣蔡興宗謂：「沈記室人倫師表，宜善師之。」蕭衍曾稱許沈約：「生平與沈休文群居，不覺有異人處；今日才智縱橫，可謂明識。」（詳見《梁書．沈約傳》）雨絲典事，見元．伊世珍《瑯嬛記》。

劉勰

劉勰漢宗世代承，孤貧寄寺力修乘。熏禪燒髮以明志，御准出家爲慧僧。
鉅著文心五十卷，雕龍首創六觀稱。詩騷正雅容通變，駢四贊辭更莊矜。

註：劉勰生平事跡見《梁書》本傳。劉氏《文心雕龍．知音篇》：「一觀位體，二觀置辭，三觀通變，四觀奇正，五觀事義，六觀宮商。」

鍾嶸

南朝望族鍾記室，易學參軍任遠征。三品論人分等第，五言創作定名聲。
源流宗雅詩騷體，文質才情高下評。丹彩潤之風力繼，弘揚比興百家承。

註：鍾嶸，字仲偉，魏晉名門穎川鍾氏之後。通曉《周易》，齊時為司徒行參軍，梁時任參軍，及晉任記室。鍾嶸〈詩品序〉獨標詩「賦比興」三義，並主張「宏斯三義，酌而用之，幹之以風力，潤之以丹

彩」，以達詩之至境。

蕭統

昭明太子有宏志，統纂辭章非等閑。文選精編三十卷，功高超越萬重山。
李唐後輯六臣注，趙宋群經同刻刊。歷代瓊篇雲匯聚，登科熟讀不偏慳。

註：《文選》於唐大盛，高宗時李善注《文選》，為最佳注本。及玄宗時有呂延濟、劉良、張銑、呂向、李周翰五人合注，世稱五臣注，因內容簡要而流行一時。其後有將之合刊，稱為《六臣注文選》。宋・陸游《老學庵筆記》卷八：「國初尚《文選》，當時文人專意此書……士子至為之語曰：《文選》爛，秀才半。」

庾信

哀江南賦耀千秋，庾信聲名震九州。八世祖宗承正統，三司車騎苦淹留。
文章駢儷開唐李，典事融通繼漢劉。困滯北方風朔朔，思鄉鬱緒恨悠悠。

註：庾信八世祖庾滔隨晉室南渡，官至散騎常侍。庾信曾任車騎大將軍、開府儀同三司，世稱庾開府。生逢戰亂，滯留長安而不得歸。

顧野王

宏才碩學博通川，顧氏野王精藝研。兼善丹青描萬物，成名鉅著有玉篇。
字形楷體具門法，群籍校讎廣備全。典範堪同許祭酒，功高惠澤百千年。

註：顧野王《玉篇・自序》云：「總會眾篇，校讎群籍，以成一家之制，文字之訓備矣。」

顏之推

博覽多聞天下知，黃門高士顏之推。撰文七卷述家訓，分目廿章明德儀。

止足歸心而省事，慕賢勉學及音辭。尚存佳構觀生賦，志怪還冤亦譎奇。

註：《顏氏家訓》全書分序致、教子、治家、風操、慕賢、勉學、文章、省事、止足、養心、歸心、書證、音辭等二十篇。另有著作〈觀我生賦〉及〈還冤志〉。

陸法言

開皇文教耀繽紛，振業興商禮樂陳。切韻精編五巨卷，審音匯萃八賢親。

兼收雅俗貫南北，研析古今依部分。鉅製風行四百載，法言撰訂最功臣。

註：按〈切韻序〉所記，時有劉臻、顏之推、盧思道、李若、蕭該、辛德源、薛道衡、魏彥淵等八人參與審音，陸法言執筆記錄，編撰全書。《切韻》按韻收字，分之為平、上、去、入四聲調類，平聲字較

多而分上下兩卷，合共五卷。

虞世南

筆致圓融虞世南，剛柔兩合氣高華。賢君讚譽五奇絕，書法享名四大家。
篤行揚聲心耿直，揮毫妍捷走龍蛇。詩文兼擅胸襟廣，默寫瓊章無誤差。

註：虞世南、歐陽詢、褚遂良、薛稷並稱唐初四大書法家。李世民曾稱許虞世南有五絕之才：「一曰德行，二曰忠直，三曰博學，四曰文詞，五曰書翰。」又「（太宗）嘗命寫〈列女傳〉於屏風，於時無本，世南暗疏之，無一字謬。」詳見《新唐書》本傳。

孔穎達

唐朝穎達聖儒門，才俊適逢明主恩。承德輝光謙政教，君臣道正諫忠言。

五經正義揚千載，三傳精修定一尊。國子監功無匹敵，凌煙閣內像圖存。

註：孔穎達獨取杜注《左傳》議訂《春秋三傳》。

賈公彥

太常博士賈公彥，受業銘州家學傳。三禮疏編宗鄭注，五經體例繼唐延。

形聲構件分爲六，省倒互文精細研。解詁開新論析法，薰風吹靡逮千年。

註：賈公彥精通《三禮》，疏解依《五經正義》體例，又辨析文字形旁聲旁之組合為六類，注解援引省文、倒文、互文等術語。生平見《舊唐書》、《新唐書》本傳。

王勃

天賦奇才難斗量，屬文先飲墨酣觴。指瑕十卷駁顏注，一字千金具法章。

六甲六經藏腹稿，五言五律韻悲昂。天涯孤鶩遭奸害，沒頂龍宮命短殤。

註：楊炯《王勃集序》謂王勃「九歲讀顏氏《漢書》，撰《指瑕》十卷，十歲包綜六經，成乎期月」。王勃〈黃帝八十一難經序〉自云「知三才六甲之事」。王勃「一字千金」典事，見王定保《唐摭言》。《舊唐書．王勃傳》云：「（王勃）渡南海，墮水而卒，時年二十八。」《新唐書．王勃傳》云：「（王勃）度海溺水，痵而卒，年二十九。」

駱賓王

曲項鵝篇享盛名，雄文衛道挽頹傾。上書諫主明忠義，下獄詠蟬愬不平。於易送人悲壯志，爲徐討檄力爭鳴。孤身六尺將何託，絕唱七言響帝京。

註：徐敬業討伐武則天，駱賓王草擬〈為徐敬業討武曌檄〉，有云：「一抔之土未乾，六尺之孤何託」。駱氏有名篇〈帝京篇〉，以七言為主調，享譽千古，《全唐詩》有收錄。

陳子昂

氣勢崢嶸陳子昂，少年任俠義高張。碎琴一表懷中志，換價萬金意若狂。
感遇詩風漢魏骨，登州歌響九天方。可悲遭妒陷縲絏，雁落平沙憂憤殤。

註：陳子昂以高價購胡琴而碎之，以明發奮讀書之志。有謂古琴曲譜〈平沙落雁〉出於陳子昂。

王昌齡

邊塞雄風及李唐，昌齡絕句勢堂皇。玉門關外征夫淚，大漠塵中衛土疆。
長信秋詞五妙韻，從軍行調七瓊章。超凡入聖詩天子，幽怨情深品氣罡。

註：王昌齡〈長信秋詞〉為七絕，五首用五類韻。〈從軍行〉亦七絕，共七首。明．胡應麟《詩藪》：「摩詰五言絕，窮幽極玄；少伯七言絕，超凡入聖，俱神品也。」「詩天子」之說，宋．劉克莊《後村詩話》、清．陸鳳藻《小知錄．文學》及清．宋犖《漫堂說詩》皆有記述。

孟浩然

縱橫節義出書劍，淡隱鹿門入道禪。山水閒遊新興象，長安獻賦邁群賢。
五言律絕古聲韻，二謝風華愛自然。耿直豪才遭屏棄，遣歸詩酒寄襄川。

註：孟浩然，襄陽人。少好節義，喜振人患難，隱鹿門山。嘗於太學賦詩，一座嗟伏，無敢抗。（見《新唐書》本傳）。明．胡應麟《詩藪》評孟氏五言：「自是六朝短古，加以聲律，便覺神韻超然」。南朝謝靈運、謝眺，世稱「二謝」，皆善山水田園詩。孟氏「不才明主棄」詩句典事，詳見《新唐書》本傳。

王維

詩中畫又畫中詩，奇品才高才品奇。獻作九齡明決志，鰥居卅載悼相思。
飄浮宦海難如是，瀚墨丹青寫意時。本我淡然修佛性，開元進士願無違。

註：王維為開元進士，曾赴洛陽見張九齡獻詩。《王右丞集》有〈獻始興公〉、〈上張令公〉詩兩首。「違」為微韻，粵音與「遺」相同，今借用。

李白

謫仙下界到唐朝，神筆縱橫不粉雕。豪氣干雲昭宇內，雄才絕頂勝天驕。
清平蜀道傳千古，書劍吳歌貫九霄。對月成三思韻妙，大鵬摶上賦逍遙。

註：唐人李陽冰整理李白著作成《草堂集》，此集已亡佚。後世所云李白詩文集皆重新收錄。清人王琦《李太白文集》，輯錄李白詩文，為較通行版本。

顏眞卿

顏氏眞卿家道貧，天姿質器是仙身。平冤解旱五原郡，輔主貞忠四世臣。

鐵畫銀鉤書有法，沈雄柔勁筆如神。存今墨帖百三十，行草超然楷絕倫。

註：顏氏開元進士，歷任玄宗、肅宗、代宗、德宗四朝。宋人任昉《太平廣記》卷三十二有記顏氏成仙事。

杜甫

祖宗西晉大將軍，傳至李唐隔代聞。秋興八詩堪絕唱，詠懷五首更無倫。

登高蜀相千秋頌，潦倒梓夔三峽雲。亂世文才何所用，飄零天地淚沾巾。

註：先祖杜預，祖父杜審言。北宋王洙輯杜甫詩一千四百多首，題為《杜工部集》。

李華

名篇弔古戰場文，唐代李華卓不群。浩浩悲涼生死決，瀟瀟愁重萬千鈞。

兵戈砍殺寶刀折，人馬屍橫烈火焚。擬韻難瞞蕭穎士，何須裝舊用煙薰。

註：李華將〈弔古戰場文〉「污為故書，雜置梵書之庋」，以考問蕭穎士，此事詳見《新唐書》本傳。
「鈞」為真韻，今借用。

韓愈

古文振起興八代，國子先生羨三閭。一帶千金酬誌銘，九門百世漢韓盧。
諫迎佛骨悲班馬，夕貶潮陽祭鱷魚。力挽狂瀾於既到，堅持儒道六經書。

註：韓愈先祖受漢文帝封為弓高侯，世代為官，曾居於常山之九門。

元稹

鮮卑皇裔元微之，首創新題樂府詩。進士明經雙及第，中書佳作五離思。
遺悲懷死悼千古，滄海巫山亦一奇。細行不矜情放任，會眞記内訴淫辭。

註：元稹，字微之，明兩經而擢第，後任中書舍人。名作有〈離思〉五首，「曾經滄海難為水、除卻巫山不是雲」，乃〈其四〉之名句。辛文房《唐才子傳》評元稹：「不矜細行，終累大德」。

白居易

豁達才情白樂天，忠心諫主道擔肩。江州司馬遭誣謗，險峽黃牛越嶺巔。
德澤蘇杭遍七里，醉吟酬酢有三千。琵琶長恨開新體，人佛畫圖九老先。

註：白居易，字樂天，先祖為名將白起。貶官江州，曾到黃牛峽。於蘇杭鑿七里山塘，有德政。組洛陽詩會，曾合兩老僧及六老詩人與己，畫成〈九老圖〉。白氏著作甚豐，詩作存今近三千首。

鍾馗

鍾馗名出大唐朝，學博才高沖九霄。應舉文章登榜首，竟嫌貌醜壓菁苗。

陸韓保薦難爲用，李杜風華遭棄丟。拔劍割頭宣屈恨，閻王授命斬魔妖。

註：鍾馗之名見《唐逸史》，據聞應試主考為韓愈、陸贄，均謂之奇才，有李杜風範。

李賀

隴西長吉命悲諶，詩鬼才情冠古今。索句離家驅瘦馬，嘔心夜月苦低吟。
字奇韻險驚魑魅，天老淚鉛怨寖深。絕唱金仙辭漢曲，子明代梓振哀音。

註：李賀，字長吉，一生潦倒不遇，英年命喪，遺作由好友沈子明付梓，詩作有二百三十多首。李作〈金銅仙人辭漢歌並序〉有名句：「憶君清淚如鉛水」，「天若有情天亦老」。

杜牧

少年杜牧志戎驂，劍佩丁當備戰參。進士科名擢第五，注箋孫子篇十三。

阿房宮賦刺時弊，文館校書徹夜耽。揮墨詩成贈好好，樊川風雅在城南。

註：杜牧先祖為西晉大將杜預，牧有詩云：「我家公相家，劍佩嘗丁當」。杜牧登科後曾授任弘文館校書郎。有手書贈張好好詩傳世，畢生喜好樊川，地在長安南，其集亦名樊川。

李商隱

命途坎坷亦辛酸，宦海浮沉歷險艱。有志書郎逢黨亂，無題傑作見時難。
懷情款款何情怨，涕淚漣漣未淚乾。溫段玉溪卅六體，西崑獨步振詩壇。

註：溫者，溫庭筠，段乃段成式，與李氏三人皆同排行十六，謂之三十六體。

溫庭筠

畢生狂傲溫庭筠，睿捷文思曲藝岑。雙手八叉成八韻，一揮千字抵千金。

倚聲度調堪佳絕，浪蕩生涯惹禍深。大好姻緣難眷屬，風流才子失知音。

註：飛卿曾代筆填〈菩薩蠻〉詞二十首，連上下片計算，約有一千字，後因無報酬而宣告於人。與魚玄機有情，惜未成眷屬，後魚氏入空門，又犯刑法，悲劇收場。

韋莊

韋莊端己古賢心，先祖唐時官宦襟。洛北江南辭婉麗，情深語秀韻妍森。

開基大輔蜀王相，絕唱千秋秦婦吟。編錄女詩家十九，流芳百代譽高岑。

註：清人鄭方坤〈五代詩話例言〉將韓偓、羅隱及韋莊三人並稱作華嶽三峰。韋莊編《又玄集》收錄女詩人作品共十九家，甚重視女性創作。

司空圖

晚唐表聖知非子，沖淡自然獨一枝。款款詩評廿四品，休休亭記並三宜。
漫書五首抒閑意，藏卷七千覽世奇。氣格雄渾而典雅，剛柔韻調各風姿。

註：司空圖，字表聖，號知非子。〈漫書五首〉為傳世七絕，《二十四詩品》乃不朽鉅著，論述作品氣格情韻，分雄渾、沖淡、纖穠、高古、自然、典雅、悲慨等廿四品。自建麒麟閣樓，藏書七千多卷，撰〈休休亭記〉說明作亭之旨，自云有三宜休之事。

李煜

風流後主李重光，溺信浮屠政事荒。徹夜笙簫歌不絕，通宵管籥樂無疆。
新聲移玉秋波送，一晌偎人南畫堂。國破夢迴悲淚墮，心傷最痛失紅妝。

註：南宋陳振孫《直齋書錄解題》記有《南唐二主詞》一卷，收錄李煜詞三十四首。清人劉繼增《南唐二

主詞箋》為較早李煜詞集注本。

柳永

奉旨填詞柳三變，甘州佳構韻八聲。白衣卿相自斟唱，仙鶴沖天鄙第名。
井水之歌聞處處，離人惜別淚盈盈。定風波下莫拋躲，幽怨哀思雨霖鈴。

註：柳永應試不第，為眾失意者寫〈鶴沖天〉寄興，謂己為白衣卿相，淺斟低唱，不屑科名。宋人張先〈感皇恩〉詞有「第名天陛首平津」句。柳詞民間大行，時有謂「凡有井水飲處，即能歌柳詞」。〈八聲甘州〉、〈定風波〉、〈雨霖鈴〉皆柳氏名篇。

張先

宋初文彩繼唐濱，子野詞風遠俗塵。妙作三中三影句，鶴齡八十八年春。

上承歐晏花間體，下啟蘇秦氣局新。婉雅情柔辭清麗，飄霏餘韻白石津。

註：張先年八十娶十八歲妾，享年八十八。清人陳廷焯《白雨齋詞話》云：「張子野詞，古今一大轉移也。前此則為晏歐、為溫韋，體段雖具，聲色未開。後此則為秦柳、為蘇辛、為美成白石，發揚蹈厲，氣局一新，而古意漸失。子野適得其中。」南宋．陳起《兩宋名賢小集》謂「（張先）詩格清麗，尤長于樂府。」清．先著《詞潔輯評》卷三云：「（張先）白描高手，為姜白石之前驅」。

歐陽修

文壇飲譽醉翁亭，金石詩詞皆銳精。五代史書新體例，三朝元老弼皇廷。

德謙六一幽居士，筆力萬千賦秋聲。畫荻翰林扶後進，藝高學博大魁星。

註：歐陽修曾仕仁宗、英宗、神宗三朝。金石、史學、文學、詩、詞、文章、書法皆精，修撰《新五代史》，創新條例。自號「六一居士」，指書一萬卷、金石佚文一千卷、棋一局、琴一張、酒一壺，及「吾一老翁」。

司馬光

西晉安平將裔郎，四朝元老司馬光。三書狀奏諫無怯，元祐文魁政有方。
力抗臨川新變法，忍歸洛地舊家鄉。精修史典成通鑒，資治高功德業鏘。

註：司馬光為西晉安平獻王司馬孚後裔，北魏司馬陽曾任征西大將軍。司馬光仕仁宗、英宗、神宗、哲宗四朝。呈〈請建儲副或進用宗室〉三封狀奏，見《傳家集》。司馬光撰編年體通史《資治通鑒》，曾反對王安石之變法。王氏籍貫臨川，著有《臨川集》。

周敦頤

北宋鴻儒周敦頤，濂溪學術重深思。中庸闡析發元論，太極圖分生兩儀。
通書開創五常本，修德還需百行持。微察星空窮物理，愛蓮高潔水中姿。

註：周氏主張行《中庸》之「誠」，又創太極圖說，其作《通書》有謂「五常之本，百行之源」。

張載

大宋碩儒張子厚，橫渠思想啟文明。質分善惡存心性，氣本乾坤辨濁清。
勤勉育人倡教化，徹通易理重眞誠。道宗孔孟貫今古，立命爲民開太平。

註：張載，字子厚，為陝西郿縣橫渠人，世稱橫渠先生。張氏精修儒家經典，學問以《易》為宗，《中庸》為體，孔、孟為法。張載有名句：「為天地立心，為生民立命，為往聖繼絕學，為萬世開太平。」詳見清人黃宗羲《宋元學案》。

邵雍

宋有方家邵康節，知今友古返眞如。四方道達遊爲學，八卦陰陽自太虛。
安樂窩中心淡薄，梅花詩句話樵漁。弘揚哲理本周易，經世千秋皇極書。

註：邵雍少時求學艱苦，重視遊歷，曾謂「昔人尚友于古，而吾獨未及四方」。邵名其宅為安樂窩，時人

仿其宅構名為別窩。邵雍有《漁樵對問》、《梅花詩》、《皇極經世書》等著作傳世。

二程

伊川明道繼關中，北宋二程出洛東。思久睿生由感悟，致知窮理並推崇。
陰陽一體化萬物，善惡兩分不相容。易學精研修本性，天人雙合創新宗。

註：程顥，字伯淳，又稱明道先生。程頤，字正叔，別稱伊川先生。程顥、程頤兩兄弟，北宋理學重要學者，二人為洛陽人氏，後世稱其學派為「洛學」。《二程遺書》有「思慮久後，睿自然生」，「格物」、「窮理」之論。

鄭樵

夾漈山居深博研，開新體制繼班遷。校讎目錄修書傳，論史千秋擔道堅。

苦詣經營二十略，撰編通志百科全。上朝屢獻不爲用，枯淡平生及晚年。

註：鄭樵，別稱夾漈先生，一生著作豐腴，今存《通志》、《夾漈遺稿》、《爾雅注》等力作。《通志》內分二十略，乃鄭氏傳統文獻及目錄學之研究及蒐錄成果。明人柯維騏《宋史新編》評之曰：「（鄭樵）平生甘枯淡、樂施與，論者謂其『切切於仕進』，蓋弗察也。」

朱熹

犖犖鴻儒宋朱熹，承傳孔學垂千暉。四書集註成科本，六角雪花先察知。
功繼聖賢七十二，力弘氣性大宗師。紫陽白鹿倡文教，隸草楷行雄有姿。

註：朱子除說理學，亦重科學研究，有謂朱氏曾觀察雪花有六角晶體，為人類文明之重大發現。

陸九淵

論學新聲有象山，允文允武志強頑。一門三傑精儒術，八世玄孫鎮漢關。
宇宙同吾方合理，明心見性道循環。鵝湖雄辯分秋色，朱陸爭鋒不誹訕。

註：陸九淵八世祖陸希聲為唐昭宗宰相，九淵有九韶、九齡二兄，皆通儒，當世有名。訕，見《詩韻》平聲十五刪。《廣韻》亦有平、去二聲。今粵音字典一般只收去聲。本詩用平聲韻，訕，讀與山同。

蘇軾

大江東去力千鈞，豪放詞風首創新。赤壁兩篇堪一絕，古詩七律更無倫。
行雲流水妙天下，氣度超然盡寫眞。可恨烏臺遭逼害，海南貶謫命艱辛。

註：蘇軾〈與謝民師推官書〉：「大略如行雲流水，初無定質，但常行於所當行，常止於所不可不止，文理自然，姿態橫生。」黄庭堅〈答洪駒父書〉評蘇軾：「東坡文章妙天下。」

黄庭堅

江西詩派黄庭堅，魯直生涯好佛禪。雙井烹茶代戒酒，四家學首炙蘇筵。
詩雄詞正草書聖，點鐵成金風雅延。旰食宵衣長伺候，滌娘溺器更孝賢。

註：黄庭堅，字魯直，晚號涪翁。北宋葉夢得《避暑錄話》：「草茶極品惟雙井、顧渚，亦不過數畝。雙井在分寧縣，其地即黄氏魯直家也。」蘇軾〈答李昭玘書〉云：「如黄庭堅魯直、晁補之無咎、秦觀太虛、張耒文潛之流，皆世未之知，而軾獨先知之。」世稱四人為蘇門四學士，亦各成一家學問。

秦觀

花間怨悱盡心傷，婉約詞風鬱滿觴。淮海文章思縝密，女郎詩韻斷肝腸。
清新嫵媚猶鮑謝，滋富經綸並蘇黄。氣古辭華融典事，才堪屈宋志高昂。

註：秦觀善詩詞文賦策論，著有《淮海集》。蘇軾稱許秦觀有屈宋之才，王安石亦評其詩「清新嫵媚，

鮑、謝似之」。（見《宋史．文苑傳》）金．元好問〈論詩絕句〉評之云：「有情芍藥含春淚，無力薔薇臥晚枝。拈出退之山石句，始知渠是女郎詩。」

米芾

擬古臨摹堪一絕，風檣陣馬米南宮。珍藏寶硯相奇石，意筆神飛屢變鋒。淡墨秋山年似刷，紫金研帖勢沉雄。山林堂有詩文集，百卷惜今未見逢。

註：米芾，北宋書畫名家，徽宗曾詔為書畫學博士，別稱米南宮，著有《山林集》。蘇軾〈雪堂書評〉稱許米芾書法「風檣陣馬，沉着痛快」。米氏〈海嶽名言〉曾記自評「臣書刷字」，今觀其作〈淡墨秋山〉最末「年」字，收筆不懸針而齊平，似用刷之法。

周邦彥

樂韻天才好犯聲，汴都名賦享高評。美成度曲弘新調，呂律宗師任大晟。
一去無蹤悲六醜，少年遊冶逮三更。閨情羈旅詞精雅，片玉鏗鏘皋鶴鳴。

註：周邦彥，字美成，號清真居士，曾任朝廷大晟樂府提舉官，精於調樂犯聲，以〈汴都賦〉聞名天下，有《片玉集》十卷及《青真集》二卷存世。周作〈六醜〉云「一去無跡」，〈少年遊〉有「城上已三更」句。

李清照

才女多愁境遇差，情深閨怨溯蒹葭。感懷子韻傷獨坐，婉約詞風別一家。
漱玉剪梅如夢令，易安孤雁蝶戀花。千秋絕唱聲聲慢，格調奇高飲譽姱。

註：李清照，號易安居士，精詩文，尤擅詞，人稱其作為「易安詞」、「漱玉詞」，以其號與集而得名。

李氏有〈感懷〉詩一首，詩有序云：「宣和辛丑八月十日到萊，獨坐一室，平生所見，皆不在目前。几上有《禮韻》，因信手開之，約以所開為韻作詩。偶得『子』字，因以為韻，作感懷詩云。」李氏《詞論》曾評宋世詞人，自云：「乃知詞別是一家，知之者少。」

陸游

著作豐腴居首一，放翁韻詠九千三。示兒書憤表吾志，金錯刀行出劍南。
白飯甘茶嘗黑耳，赤誠報國獻丹心。沈園遺恨相思絕，題壁鳳釵墨淚耽。

註：陸游〈示兒〉為七絕，〈書憤〉為七律。〈小飲梅花下作〉自云「六十年間萬首詩」，可謂自先秦而下最多作品之文人。陸氏《劍南詩稿》有〈金錯刀行〉名篇，忠貞之情盡見於此。陸有「明眼身健何妨老，飯白茶甘不覺貧」詩句，又謂食木耳可養生。陸氏曾於沈園題〈釵頭鳳．紅酥手〉。

唐琬

鴻儒家世系崇尊，唐氏蕙仙越秀媛。心事欲箋凝蠟淚，世情如水苦難言。
釵頭鳳句憐君意，獨語斜闌寄沈園。夢斷病魂花易落，感傷離索冷窗軒。

註：唐琬，字蕙仙，越州山陰人。祖父唐翊，曾任鴻臚少卿，當世享有盛名。唐琬和作〈釵頭鳳・世情薄〉有「雨送黃昏花易落」、「欲箋心事，獨語斜闌」諸句。媛，粵音有平去二讀，今作平聲韻。

范成大

石湖聞博學雄奇，修撰書郎位少師。詩繼樂天崇淺易，風承太白力追馳。
使金絕句七十二，雜興田園歌四時。幽雋清新無麗飾，江西餘韻逮清池。

註：范成大，字至能，晚號石湖居士。曾任樞密院編修官、校書郎、國史院編修官。范氏出使金國，有詠懷絕句七十二首。晚年有四時田園雜興詩六十首，其田園詩風及於清代，影響頗深。楊萬里〈石湖居

士詩集序〉評范氏之作：「大篇決流，短章斂芒，縟而不釀，縮而不窘，清新無麗。」

辛棄疾

滿腔忠憤義塡胸，豪放詞風氣更雄。九議美芹十論策，萬山雨雪一孤鴻。
領軍神武勇飛虎，落筆驚天眞猛龍。痛恨抗金遭阻折，退歸田稼伴斜紅。

註：陳廷焯《白雨齋詞話》評辛氏為詞中之龍。辛有《九議》及《美芹十論》，又組湖南飛虎軍。

張炎

晚宋流波筆轉纖，周姜而後繼張炎。生逢亂世遭災劫，落魄臨安賣卜占。
騷雅詩餘三百首，詞源理論兩雙兼。載情燕趙載愁去，孤雁飄零在浙崦。

註：張詞〈綺羅香．紅葉〉有「載情不去載愁去」句，曾遊燕趙之地謀官，晚年流浪江浙，賣卜為生。

姜夔

苦命孤貧科不第，高才多藝善琴簫。詩詞音律兼書畫，羈旅天涯倍寂寥。
調度新腔十七曲，名聞佳句廿四橋。暗香疏影兩皆絕，紅白湖舟騷雅謠。

註：姜白石一生應試不第，詩、詞、歌皆有成就。有《白石道人歌曲》六卷存世，其中有十七首詞體曲譜。曾應范成大撰〈暗香〉、〈疏影〉二詞，又獻宋朝鐃歌十二章。范氏贈家妓小紅與姜夔，二人浪跡天涯，姜氏絕句有「小紅低唱我吹簫」句。

嚴羽

退隱江湖自立門，禪修達道創新觀。滄浪詩話居魁榜，體法證評辨五端。
獨任性靈除美刺，活參妙悟論悲歡。丹丘風遍百千載，氣象興然最卓冠。

註：嚴羽，字丹丘，號滄浪逋客，世稱嚴滄浪，南宋詩人、詩論專家。南宋．戴復古〈祝二嚴〉詩云：

「長歌激古風，自立一門戶。」嚴羽《滄浪詩話》說詩，分詩辨、詩體、詩法、詩評、考證五項立論。清・陳壽祺《福建文苑傳》以「掃除美刺，獨任性靈」概括嚴氏詩論。嚴說受禪宗《壇經》影響而提出「活參」、「妙悟」、「興趣」、「氣象」等說。《後漢書・郎顗傳》：「卓冠古人，當世莫及。」

王應麟

博識宏才王應麟，道崇古訓繼先君。專精考據通經史，困學深研廣紀聞。
玉海紺珠昌漢學，碎金所萃導賢群。潛居述撰宋南仕，亮節高風不媚矉。

註：王應麟，南宋末學者，曾任禮部尚書兼給事中職。代表作有《困學紀聞》、《玉海》、《小學紺珠》等。「矉」亦作「顰」，典出《莊子・天運》。

元好問

豪邁才情學問淵，天成氣格性超然。論詩絕句三十首，承杜風騷五百年。
銘誌雁丘哀並死，潛居高士退參禪。遺山鉅著中州集，變故爲新俗雅妍。

註：元遺山名作〈雁丘詞〉序云：「乙丑歲赴試并州，道逢捕雁者云：『今旦獲一雁，殺之矣。其脫網者悲鳴不能去，竟自投於地而死。』予因買得之，葬之汾水之上，壘石為識，號曰雁丘。同行者多為賦詩，予亦有〈雁丘詞〉。舊所作無宮商，今改定之。」

趙孟頫

榮祿翰林趙孟頫，詩書畫印藝高超。白描濃淡盡眞意，隸草楷行皆秀翹。
名滿江湖遍四海，德承先祖逮元朝。晉唐妙法心融合，筆力千秋越九霄。

註：趙孟頫為趙宋後裔，於元世任榮祿大夫，官至翰林學士。詩作《松雪齋集》，畫作〈鵲華秋色圖〉，

書法〈致郭右之二帖卷〉及所創「圓朱文」印，皆享美譽。

白樸

文彩魁星白仁甫，詩詞曲劇盡輝煌。梧桐夜雨悲分散，裴李牆頭苦鴛鴦。

別淚離愁黃昏雪，孤村落日紅葉霜。辭莊典雅崇天籟，一脈遺山萬里香。

註：白樸幼從元遺山遊，學問深厚，詩詞曲皆得心法。雜劇名作現存〈梧桐雨〉、〈牆頭馬上〉等十六套，〈牆頭馬上〉講及裴少俊與李千金之情。白樸散曲名句有：「却早離愁情脈脈，別淚雨泠泠」；「梅花驚作黃昏雪」；「孤村落日殘霞」；「曉霜楓葉初丹」。白氏著有《天籟集》，詩詞散曲多名句，千秋傳誦。

關漢卿

驚世名篇竇娥冤，偉哉曲聖不平鳴。單刀赴會英雄氣，義救風塵俠女情。
潑辣辭鋒元本色，剛柔格調兩分明。鏡臺拜月緋衣夢，劇力萬鈞關漢卿。

註：關氏〈竇娥冤〉、〈單刀會〉、〈救風塵〉、〈玉鏡臺〉、〈拜月亭〉、〈緋衣夢〉等劇作，皆享千秋美譽。

馬致遠

曲科第一馬神仙，文彩縱橫筆力顛。百歲光陰嗟夢蝶，漢宮秋月怨無邊。
東籬淡泊辭清麗，西嶽逍遙意銳堅。千里駿騏行道化，朝陽鳴鳳氣沖天。

註：馬氏有名作〈西華山陳摶高臥〉。明人朱權《太和正音譜》云：「馬東籬之詞，如朝陽鳴鳳。其詞典雅清麗，可與靈光景福兩相頡頏，有振鬣長鳴，萬馬皆瘖之意。又若神鳳飛于九霄，豈可與凡鳥共語

哉。宜列群英之上。」

王實甫

元曲大家王實甫，艷詞鉅著有高名。新編窮士呂蒙正，精寫奇娃蘇小卿。
月色溶溶文彩麗，花陰寂寂意新清。成章七步堪佳構，五本西廂盡世情。

註：王實甫〈崔鶯鶯待月西廂記〉第一本第三折有「月色溶溶夜，花陰寂寂春」佳句。王氏另有〈呂蒙正風雪破窰記〉、〈蘇小卿月夜販茶船〉、〈曹子建七步成章〉等佳作。

鄭光祖

文章錦繡鄭德輝，佳構情深擬閣闈。千里飛蓬求一愛，兩分身魄作雙栖。
驚人造語發深省，慧舌靈心僻妙蹊。尚有三英戰呂布，鴻篇散套譽聲齊。

註：鍾嗣成《錄鬼簿》謂鄭德輝「乾坤膏馥潤肌膚，錦繡文章滿肺腑，筆端寫出驚人句」。清．梁廷枏《曲話》讚許鄭劇〈迷青瑣倩女離魂〉曲末一折【喜遷鶯】曲詞乃「靈心慧舌，其妙無對」。鄭氏有〈王粲登樓〉、〈翰林風月〉、〈三英戰呂布〉諸劇存世。散曲今存較少，有小令六首，套數兩套。

張可久

張氏小山名可久，詞林宗匠聖科班。曲辭清麗多新創，典事潛藏駢偶間。
八百短篇元第一，三鎗對句絕塵寰。構思深邃具詩法，笙鶴沖天誰競攀。

註：朱權《太和正音譜》稱張可久為「詞林之宗匠」，又謂「如瑤天笙鶴，清而且麗，華而不艷」。張氏有小令八百多首，套曲九首，數量為元人之冠。張氏曲中善用鼎足對，享有盛名。元曲鼎足對又稱三鎗、三鐺。

喬吉

曲中雙璧有喬吉，漂泊蘇杭寄夢符。兩世因緣誠傑作，一聲悲哭慟江湖。
重覲瀑布灘飛雪，調笑風流韻絕殊。婉麗清新兼俗雅，出奇制勝別紫朱。

註：喬吉與張可久並稱「曲中雙璧」、「曲中李杜」。喬作〈兩世姻緣〉、〈揚州夢〉、〈金錢記〉皆寫有名文人之才子佳人戲劇。明人李開先〈喬夢符小令序〉評之曰：「蘊藉包含，風流調笑，種種出奇而不失之怪，多多益善而不失之繁，句句用俗而不失其為文。」

周德清

敦頤繼裔逮元承，散曲方家周德清。警策文辭無以勝，太平樂府有鏗鳴。
中原音韻齊天籟，十九部分新調成。入派三聲平上去，作詞起例世高評。

註：明人王驥德《曲律》：「周德清下筆便如葛藤，所作等曲，又特警策可喜，即文人無以勝之。」著有

《中原音韻》，合元人曲韻為十九部，漢語音韻之入聲轉變於此可證。元人楊朝英輯《朝野新聲太平樂府》有收錄周氏散曲。

鍾嗣成

詞餘述論繼先延，古汴居杭薪火燃。受業三師承絕學，金元兩代曲科賢。
遺今小令五十九，劇作鴻裁存七篇。功德無邊錄鬼簿，方家鉅著永留焉。

註：鍾嗣成，字繼先，元散曲、雜劇大家。自署「古汴」人，交遊於杭州。其作《錄鬼簿》記載金元曲家一百五十二人，保存資料甚是珍貴。書中自云少時曾隨鄧文原（字善之）、曹鑒（字克明）、劉濩（字聲之）三位名家學習。據今人所考，鍾氏雜劇名目有〈寄情韓翊章台柳〉、〈讒貨賂魯褒錢神論〉、〈宴瑤池王母蟠桃會〉、〈孝諫鄭莊公〉、〈韓信涷水斬陳餘〉、〈漢高祖詐游雲夢〉七篇。

王冕

寫眞神髓世無倫，妙筆丹青是一尊。九里先生甘淡泊，三梅屋角映黃昏。
竹齋詩畫堪雙絕，篆法印章創獨門。歸隱堅心魄雄健，專精研藝耕讀軒。

註：王冕，元末文人。本性孤傲，輕視功名，猶愛梅花，自建茅廬三間，名之梅花屋，自號梅花屋主。隱居於九里山，草堂命名為「耕讀軒」。詩畫刻印皆善，著有《竹齋集》。《明史》有傳。王冕詩〈九里山〉云：「九里先生兩鬢皤，今年貧勝去年多。」

朱權

太祖嫡親十七子，朱權文武兩修賢。雄兵八萬鎮疆域，盧舍一區歸自然。
傑作太和正音譜，弘傳北曲古琴篇。平沙落雁湘妃怨，指法操彈世代延。

註：朱權《太和正音譜》對文藝、文化貢獻頗大，善古琴，編有古琴曲集《神奇秘譜》。自改封南昌後，

淡出政事，「構精廬一區，鼓琴讀書其間」，專心文藝研究。詳見《明史》第一百一十七卷，本傳。

文徵明

一代奇才文徵明，風華絕藝世淩驚。揚名千字四書體，高享三馨百代榮。
篆隸楷行欽海宇，辭章詩畫譽畿京。淡濃翰墨具心法，運筆如神勢崢嶸。

註：明人文徵明，才學高超，世有「德藝壽三馨」之譽。其書畫詩文皆有高度成就，當世已「文筆遍天下」，其作「海宇欽慕，縑素山積」（明人王穉登《吳郡丹青志》），據聞當世日本使者亦曾登門求畫。文氏四體千字文更是飲譽千秋。

王守仁

狀元家世王守仁，文武雙兼志難伸。論政效忠遭杖責，龍場啟導示諸生。

知行合一乾乾道，即理是心日日新。養性善修源孟陸，陽明風靡及東濱。

註：王守仁，自號陽明子，後世稱為陽明先生。王守仁與父王華皆為明代狀元。王守仁繼承二程、朱熹、陸九淵之説而提出「知行合一」，謂「知是行之始，行是知之成。若會得時，只説一箇知，已自有行在。只説一箇行，已自有知在」。（詳見《傳習錄》）王守仁因上疏而被貶至貴州龍場當驛丞，於此悟道，撰名作〈教條示龍場諸生〉，事見《明史》本傳。

陳第

陳第少年軍戰參，退歸鄉里會山嵐。音隨世變字更革，時有古今地北南。

五嶽詠遊詩兩粵，一齋集結卷十三。積書珍本萬餘冊，韻學開新百代譚。

註：陳第，明代古音專家，曾提出「時有古今，地有南北，字有更革，音有轉移」之觀點。萬曆時曾任武將抗敵，後歸隱著書。著有《毛詩古音考》、《一齋詩集》、《五嶽兩粵遊草》、《寄心集》等。

徐渭

青藤潑墨法無匹，徐渭風華學藝優。名齊當世三才子，道啟揚州八怪儔。
書畫形神成一格，詩文本色各千秋。南詞敘錄居功大，理論縱橫創新猷。

註：明人徐渭，字文長，別號青藤道士。詩、文、書、畫各有成就，獨樹一幟，與解縉、楊慎並稱「明代三大才子」。書畫對清代「揚州八怪」有深遠影響，其作《南詞敘錄》對戲曲發展及研究，具重大意義。

李贄

洞識千秋李卓吾，骨堅金石正無邪。狠評水滸西廂記，指議焚書言善瑕。
戳穿僞道吞人畜，痛斥皇權批虎銜。童心最見眞情性，萬古而今獨一家。

註：李贄，字宏甫，號卓吾，著有《焚書》、《續焚書》、《藏書》、《續藏書》等名作，另有〈言善

篇〉（又稱〈卓吾老子三教妙述〉），亦多精僻獨見之論。明人李廷機〈祭李卓吾文〉評李贄：「心胸廓八肱，識見洞千古。」袁中道〈李溫陵傳〉謂李氏「骨堅金石，氣薄雲天」。

湯顯祖

明代文豪湯顯祖，書香門第拒逢迎。畢生高節不干祿，鄙棄捐官沽譽名。
情義因緣紫釵記，死生苦戀牡丹亭。弘揚儒道釋家說，絕唱連篇在玉茗。

註：湯顯祖，江西臨川人，別號玉茗堂，其作〈牡丹亭〉、〈紫釵記〉、〈南柯記〉、〈邯鄲記〉皆與夢有關，合稱為「臨川四夢」，又稱「玉茗堂四夢」。茗，粵音有平、上兩音，《說文新附》：「茗，茶芽也，从艸，名聲。」

三袁

公安寶地出三袁，文論新開創獨門。格套不拘抒本性，各窮其趣表眞言。
千江一印冰輪湧，萬法歸宗道至尊。通變時宜融俗俚，靈心宏志久長存。

註：袁宗道、袁宏道、袁中道三兄弟為荊州公安縣長安里人，合稱公安三袁，主張文學獨抒性靈，不拘格套，隨時通變，口語俚俗，皆可入文，要求獨創革新。袁宏道詩：「白水湧冰輪，千江同一印。」

張岱

六休居士世書香，亂局紛時政道殃。東海布衣無職事，南州隱姓避蘇杭。
西湖尋夢憶風雅，北望煙雲懷故鄉。名劇冰山藏諷喻，亭中看雪映孤芳。

註：張岱，字宗子，號陶庵、古劍老人，晚年號六休居士。張氏《石匱書後集》（第四十八卷）有以「東澥布衣」自稱上疏。「澥」，乃「海」之別體。張氏書香世代，祖宗三代為進士，著作豐腴。名作有

〈西湖夢尋〉、〈湖心亭看雪〉等。另撰有長篇戲曲〈冰山〉，寫明末魏忠賢事。

冒辟疆

冒裔巢民字辟疆，精書善畫志鷹揚。筆鋒秀逸勢圓動，玄旨微情韻滿觴。
香閣雲樓藏寶典，詩溫文綺晚明彰。影梅寒碧吟眞性，遺恨紅顏不久長。

註：冒襄，字辟疆，號巢民，又號樸巢，《清史稿》有傳。有謂冒姓出自蒙古氏族。著述頗豐，《水繪園詩文集》、《影梅庵憶語》、《寒碧孤吟》等較聞名。明末陳名夏〈重訂樸巢詩文集序〉評曰：「筆鋒墨秀，玄旨微情。」冒氏曾建水繪園，內有染香閣、降雲樓，收藏若干書畫文物。

黃宗羲

末世梨洲抗滿奴，志堅拒受僞鴻儒。反攻外侮誅蠻敵，保衛中華一匹夫。

待訪明夷存漢節，窮通周易展宏圖。南雷新創原君論，學正義高百代模。

註：黃宗羲，明末清初學者。字太冲，號梨洲，世稱南雷先生、梨洲先生。清人曾以博學鴻儒及修《明史》誘降，黃氏不為所動。著作有《明夷待訪錄》、《南雷文定》等。

顧炎武

日知學博顧先生，歷煉縱橫遍萬方。精析古音十部韻，弘通國故四維揚。

研經考據證先導，奮鬥江湖德顯彰。寧死以身殉節義，畢生衛道志貞剛。

註：顧炎武，明末遺老，博學多識，提倡實學考據，人稱亭林先生。其作《日知錄》記下畢生所見所知，書名取自《論語．子張篇》，子夏曰：「日知其所亡，月無忘其所能，可謂好學也已矣」。

王夫之

湖廣薑齋眞傑雄，歸降薙髮決難從。憤詩百韻濺悲淚，倡讀四書延古風。
七尺昂藏焉畏死，一生忠義誓興中。船山題銘表孤志，氣節堅剛道正宗。

註：王夫之，號薑齋，晚隱居石船山麓。撰有〈悲憤詩〉一百韻，曾自題堂聯「六經責我開生面、七尺從天乞活埋」。

閻若璩

名動九重閻若璩，筆耕質樸漢儒衢。會箋困學記聞注，疏證古文辨尚書。
考究發微無妄假，旨深言大有門閭。潛丘倡議析疑說，三百年來功不虛。

註：閻若璩，字百詩，號潛丘，明末清初學者。畢生治學嚴謹，胤禛評曰：「讀書等身，一字無假，孔思周情，旨深言大」。「名動九重」詳見杭世駿《道古堂文集》本傳。梁啟超《清代學術概論》稱許閻

氏之《古文尚書疏證》是近三百年來學術解放第一功臣。

洪昇

北孔南洪參與商，昉思妙構出錢塘。白衣絕唱驚天下，墨翰成編諷李唐。

命殞馬嵬悲亂世，長生盟斷保明皇。重圓再會相廝守，五十瓊章涕淚汪。

註：洪昇，錢塘人，字昉思。科舉不順，終生無官。代表作〈長生殿〉，全劇五十齣，〈重圓〉為最末一齣名目。此劇轟動一時，洪後因罪入獄。清人梁廷枏《曲話》評洪撰〈長生殿〉：「為千百年來曲中巨擘，以絕好題目，作絕大文章，學人、才人，一齊俯首。」

孔尚任

孔聖嗣傳號岸堂，詩詞曲劇繼東塘。享名鉅著桃花扇，稱譽文壇萬里香。

比對陰陽融易理，感傷兒女說興亡。奇眞趣雅清而淡，妙韻珠璣細酌量。

註：孔尚任，孔子六十四代孫，以岸堂、東塘為號，又稱雲亭山人。清人劉中柱〈桃花扇題辭〉評曰：「奇而真，趣而正，諧而雅，麗而清，密而淡，詞家能事畢矣。前後作者，未有盛於此本，可為名世一寶。」

金聖歎

聖人慨歎道高崇，學問淵深述著豐。水滸刪修批狠狠，西廂評點細喁喁。

妙聯半夜二更半，絕對中秋八月中。哭廟江南遭死罪，梨兒蓮子苦酸終。

註：金氏一生好文學，獄中苦思靈隱寺方丈「半夜二更半」之下聯，最終對上。行刑時以「蓮子心中苦，梨兒腹內酸」，訣別家人。

沈德潛

禮部侍郎清大夫，歸愚名士祖江蘇。說詩晬語倡文教，格調宗唐作楷模。
木瀆山房潛述著，紫陽書院課儒徒。松身鶴性皇太傅，晚遇風雲遭貶誣。

註：沈德潛，字碻士，號歸愚，乾隆稱為「江南老名士」。任侍讀、內閣學士、封光祿大夫、太子太傅等職。所著《說詩晬語》、《古詩源》享有高評。

吳敬梓

文木山房世縉紳，秦淮寓客傲儕群。博通選學精辭賦，冷意科場熱酒葷。
才子縱杯尋酩醉，儒林外史譽芳芬。全書五十六回事，謔戲人情說糾紛。

註：吳敬梓，字敏軒，家有「文木山房」而自稱文木老人。祖籍溫州，移居江蘇，稱秦淮寓客。著有《儒林外史》、《文木山房詩文集》、《文木山房詩說》。

桐城三祖

陰陽並重氣爲綱，鳳九沖天義法刊。夢穀編修十三類，耕南創論貴八端。
德揚宋學宗孔孟，道貫乾坤繼柳韓。倡議辭章神理説，高標一幟振文壇。

註：清代桐城三祖為方苞、劉大魁、姚鼐三人。方苞，字靈皋，一字鳳九，晚號望溪。方主張文章要有義法。劉大魁，字才甫，一字耕南，號海峰。劉主張文貴奇、文貴高、文貴遠、文貴簡、文貴疏、文貴變、文貴參差、文貴去陳言。姚鼐，字姬傳，一字夢穀，室名惜抱軒。姚提出文章分為十三類。

方東樹

桐城繼嗣方東樹，三祖嫡傳一奇葩。獨契程朱尊孔孟，力排江戴諷乾嘉。
書林昭昧齊商兑，正道揄揚論侃夸。考據辭章兼義理，發凡起例自成家。

註：方氏曾云：「余生平讀書，惟於朱子之言為獨契，覺其與孔孟無二。」著有《書林揚觶》、《昭昧詹

言》、《漢學商兑》，皆論講桐城學問精粹。

江永

乾嘉考據漢遺風，江永修研百代雄。三禮六書多創獲，四聲九數論精通。
典章地理兼鐘律，古制天文辨易宮。心法獨門傳戴氏，開先啟後建魁功。

註：江永，字慎修，戴震之師。江氏博學宏通，其作《周易釋義》首創易卦三十六宮之說。

惠棟

清儒惠棟漢庭門，紅豆先生治學尊。百歲堂藏三巨卷，九經義疏萬千言。
家傳心法精周易，詮解春秋溯本源。四世薰陶吳楚士，畢生成就讀書軒。

註：惠棟，字定宇，號松崖，江蘇吳縣人，吳派經學代表。藏書甚豐，其書印有「小紅豆」，而有小紅豆

先生之稱。惠家有藏書處「紅豆山房」、「百歲堂」、「九僉齋」，撰《惠氏百歲堂藏書目》三卷。惠棟自云：「少承家學，九經注疏，精涉大要。治先祖父以古義訓子弟，至棟四世，咸通漢學。」見〈九經古義首述〉。

錢大昕

道統淵深錢大昕，少年獻賦震江淮。翰林精算九章術，詹事辨微十駕齋。
學識才情詩有法，潛研金石論無乖。說文音韻闢新徑，據古證今勝等儕。

註：錢大昕，字曉徵，乾隆十九年進士，後擢升翰林院侍講學士，遷詹事府少詹事，曾任河南鄉試正考官。（詳見《清史稿·儒林列傳》）其作《十駕齋養新錄》及《潛研堂詩文集》盡見畢生學問精粹。

紀昀

清有名家紀曉嵐，翰林侍讀大文魁。閱微筆記存風雅，如是我聞亦備該。
四庫全書當總纂，八旗通志任鴻裁。春帆典籍垂千古，瀛海珍藏遍九陔。

註：「如是我聞」乃《閱微草堂筆記》其中四卷名目，收錄民間人事及傳聞異說頗為豐富。按專家考證，紀氏所獻藏書甚多，書中輒留有「春帆校正」、「瀛海紀氏」等鈐印。

袁枚

北紀南袁兩傑才，簡齋學博耀天魁。詩心力倡性靈說，詠史推新義理晐。
散館傳書庶吉士，隨園廣育女成材。不拘格調多奇創，祭妹情眞最痛哀。

註：袁枚，字子才，號簡齋，自號隨園先生，與紀昀皆清乾隆時名學者，時稱「北紀南袁」。袁氏授課處稱書房散館，晚年隱居南京小倉山隨園，廣收女弟子。代表作有《隨園詩話》、〈祭妹文〉。

戴震

一代鴻儒戴先生，乾嘉泰斗博專精。百科通曉志孤詣，四庫編修訂五經。
漢學嫡傳倡考據，深思析辨勵爭鳴。古文聲訓尋餘緒，啟後弘光萬世明。

註：乾隆時《四庫全書》開館，戴震受薦舉，入京為四庫館纂修官。後參加殿試，賜同進士入翰林院。於四庫館內遍觀藏書，精心研究，天文、演算、地理、文字、聲韻等學問，成就非凡。

周永年

學問精深周永年，鉤稽古義力耕鋤。廣供鈔覽施無已，倡議儒藏說有諸。
勘校成千萬巨冊，助編修四庫全書。宏通道統興文教，林汲功高不自居。

註：周永年，清世乾嘉學者、藏書家，別號林汲山人。建「林汲山房」、「水西書屋」聚集藏書，供人閱覽傳抄。著有〈儒藏說〉，謂「書籍者，所以載道記事，益人神智者也」。

段玉裁

金壇瑰茂出奇珍，段氏才高耀北辰。學問師承戴吉士，說文注解世無倫。
諧聲訓詁通經義，析字辨形倡引伸。鉅著六書音均表，一千七百年功臣。

註：段玉裁《說文注》刊出，學界迴響巨大，王念孫序曰：「一千七百年來無此作矣。」段氏〈六書音均表〉對聲韻訓詁影響深遠。均，韻。古字通。

王念孫

高郵王氏世相傳，師事東原學博專。精析古音廿二部，勾沉訓詁五經詮。
渠通廣雅功無匹，互證百家疏有箋。遺著述聞多卓見，乾嘉一脈貫江川。

註：王念孫，江蘇高郵人氏，其父王安國曾延請戴震歸家親授學問。王念孫力作有《廣雅疏證》，其子王引之《經義述聞》亦收錄不少父親心得。阮元稱讚王氏學問：「高郵王氏一家之學，海內無匹」。見

〈王石臞先生墓誌銘〉。

王引之

大人學問子來傳，王氏伯申博更專。奉旨修稽大字典，虛詞釋義百家詮。
翰林侍講賜騎馬，引喻旁徵訂注箋。家法嚴明重考證，一聲之轉廣通川。

註：王引之與父並稱「高郵二王」。王氏初為翰林院編修，後升為工部尚書，任英武殿正總裁，受清帝賜准紫禁城內可騎馬通行。

桂馥

乾嘉薪火世長存，未谷先生乃北尊。義證說文五十卷，編修古曲四聲猿。
才多學博善書隸，札樸功深具法門。骨幹堅凝詩正雅，山東奇幟獨掄元。

註：桂馥，字未谷，山東曲阜人，有《說文義證》、《後四聲猿》、《札樸》及詩稿存世，與段氏並稱「南段北桂」。清人徐世昌《清詩匯》評桂詩「骨幹堅凝，風格遒上」。

黃景仁

李杜詩風清世延，景仁先祖是庭堅。天才亮特氣沉鬱，楚調綺懷意韻纏。
十有百無成絕唱，山賓樓主亦名篇。錢塘七古堪第一，遺著存今兩當軒。

註：黃景仁，字仲則，北宋黃庭堅後人。有名句「十有九人堪白眼，百無一用是書生」；「若論七尺歸蓬蒿，此樓作客山是主；若論醉月來江濱，此樓作主山作賓」。清人袁枚稱許黃氏〈觀潮行〉詩「觀潮七古冠錢塘」，見袁氏〈仿元遺山論詩〉。洪亮吉輯黃景仁詩作為《兩當軒集》。「軒」為元韻，粵音與「牽」相同，今借用。

嚴可均

好學博聞嚴鐵橋，家藏群典楚南翹。彙編逸注十餘種，議訂說文千百條。
蒐錄諸家遍子史，上承三代接唐朝。一夫閱輯書萬卷，廿七年成功九霄。

註：嚴可均，字景文，號鐵橋，浙江湖州人，遍校群書，輯錄逸注，合經、子、史、集為《四錄堂類聚》，精小學，有《說文校議》、《說文聲類》等專著存世，另有《全上古三代秦漢三國六朝文》，以銜接官方輯《全唐文》，此書歷廿七年而輯成。

阮元

乾嘉吉士阮伯元，江浙風騷自一尊。經籍通編成纂詁，廣開精舍建專門。
督師水陸殲蠻賊，力主禁煙上諍言。興學勵耕弘水利，西湖舊址有公墩。

註：阮元精通經學，於杭州建詁經精舍，曾選拔浙江書生編纂《經籍纂詁》。另編有《皇清經解》、

《十三經注疏》等鉅著。任職杭州期間，建西湖中小島，後人稱之阮公墩。

龔自珍

浙江名士傲賢群，高喚風雷勢萬分。庭訓群經兼子史，書香門第精說文。
丹陽興學耘九畹，己亥詩編勝千軍。宏論參評天下事，壯懷救世氣干雲。

註：龔自珍，書香世代，幼承母親訓誨，授讀吳偉業詩及桐城派方苞、劉大櫆散文。塾師宋璠，精讀文史經子，隨外祖父段玉裁修習《說文解字》。龔作〈己亥雜詩〉有詩三百多首，氣勢磅礴。

乙篇

姜尚

呂望屠牛賣飲漿，渭濱垂釣遇文王。六韜武略平天下，八十高能助建邦。
牧野鷹揚震四海，東夷賓服及三方。兵家之聖功居首，犒賞封齊大振匡。

註：《六韜》又稱《太公六韜》、《太公兵法》、《素書》。《史記‧齊太公世家》：「故後世之言兵及周之陰權皆宗太公為本謀。」《詩經‧大雅‧大明》：「牧野洋洋，檀車煌煌，駟騵彭彭。維師尚父，時維鷹揚，涼彼武王。肆伐大商，會朝清明。」

齊桓公

先祖封齊本姓姜，桓公志氣最高張。三難舒解憑能士，五顧布衣重賢良。

九合諸侯成首霸，一匡天下遍萬邦。尊王有道攘夷狄，功業熙熙百世芳。

註：齊桓公「三難」及「五顧布衣」事，詳見《韓非子》〈難三〉、〈難二〉。

晉文公

晉侯被逐苦流亡，十九年來待復昌。割肉隆恩感銘記，清明寒食義難忘。
雄兵引退避三舍，踐土訂盟會八王。角力連番成一霸，大興德業拓邦疆。

註：晉文公事，《左傳．僖公廿八年．廿九年》、《國語．晉語》、《史記．晉世家》等皆有記載。《春秋．僖公廿八年》：「五月癸丑，公會晉侯、齊侯、宋公、蔡侯、鄭伯、衛子、莒子，盟於踐土。」

孫子

春秋蘄起仕吳地，隔世雄風威續延。三令五申嚴戒紀，七書首列是神篇。

兩臏慘斷必仇報，萬箭穿心將敵殲。兵法齊孫八十九，藝文志裏有傳焉。

註：孫武、孫臏，世稱孫子。孫臏乃春秋吳將孫武之後。孫武著有《孫子兵法》十三篇，享美譽，置《武經七書》之首。班固《漢書‧藝文志》載孫臏著《齊孫子》八十九篇，亦兵法論戰之書。

曹沫

魯人曹沫輔莊公，柯地會盟陣轉凶。執匕脅持曉大義，歸吾侵地不相攻。
下壇就位神如故，北面和顏勢緩容。一舉功成能穩退，天時地利助英雄。

註：曹沫，《史記》、《管子》、《呂氏春秋》、《戰國策》、《鶡冠子》等有記述。

專諸

矢志報仇伍子胥，誘王赴宴暗謀除。身披棠銕三重甲，貪食炙燒一尾魚。

分擘鱗腸寶劍出，當場喪命伏兵屠。犧牲壯烈輔宏業，千古留名此專諸。

註：專諸行刺事，《史記》、《越絕書》、《吳越春秋》等有記述。

伍員

英雄逢難戰旗翻，逃命昭關仗劍奔。寄客全身侍異主，鞭屍三百雪仇冤。
千金投水七星恨，一死沉江五月魂。抉眼懸門宣懣憤，痛吳敗業失王尊。

註：伍子胥之人事見《左傳》、《史記》及《吳越春秋》。以七星寶劍答謝漁父及投千金入江酬報浣紗女事，昆劇《浣紗記》有述。

豫讓

漆頭爲器恨何深，豫讓復仇最苦心。呑炭啞聲行乞市，入宮塗廁刃藏襟。

但求報死酬知己，堅決成仁誓不禁。三躍擊衣將命送，千秋國士痛悲吟。

註：韓、魏、趙三家滅智伯，趙襄子因宿怨而將智伯頭漆作飲器。智伯家臣豫讓立志報仇。有關人事，《史記》、《呂氏春秋》有記述。

聶政

軹地英雄卓不群，超能本領志難伸。隱居市井為屠輩，侍奉孀娘盡孝親。知遇隆恩報以死，大開殺戒血沾身。聶榮為弟名留世，拚命收屍泣鬼神。

註：聶政人事，除《史記》有傳，劉向《說苑》及《戰國策》亦有記述。

荊軻

刺秦救世出荊軻，氣貫雲霄直不頗。本有壯懷安社稷，心存大義息干戈。

蕭蕭易水別豪傑，徵徵悲聲奏訣歌。匕見圖窮終失敗，舞陽慄恐事蹉跎。

註：荊軻典事，《史記》及《戰國策》皆有詳述。

趙奢

六國連橫有八將，趙奢威望傲同群。用兵審慎擅攻守，法紀嚴明保帝君。

閼與居高殲敵卒，武安圍解逐秦軍。受封馬服成宏業，並列藺廉同策勳。

註：六國八將抗衡西秦典事，詳見賈誼〈過秦論〉。趙奢曾與田單論戰事詳見《戰國策》。

廉頗

讒言疏擺害廉君，健飯竟成反話云。一頓飽餐試刀馬，三番遺矢詆將軍。

拔城野戰功猶在，斬首殲兵敵駭聞。知過負荊來請罪，堅忠高義九霄雲。

藺相如

洞知豺虎毒心腸，詐騙連城入我疆。完璧奪回歸趙有，上朝曉義斥秦狂。
衝冠怒髮敵仇怯，視死如歸氣勢昂。大會澠池前進缻，功成五步震威揚。

項羽

失策入關輸一先，滅秦霸業震九霄。沉舟破釜戰功大，遷怒阿房猛火燒。
天下民心歸沛令，英雄錯信左佃樵。鴻門宴會不留手，史冊於今有項朝。

註：《史記．項羽本紀》：「項王至陰陵，迷失道，問一田父，田父紿曰『左』。左，乃陷大澤中。以故漢追及之。」

韓信

淮陰韓信用兵奇，國士無雙萬世知。一飯千金酬漂母，楚歌四面破雄師。
揮軍入陣殲強敵，背水攻城拔寨旗。功偉勳高遭戮殺，慘夷三族哭聲悲。

周亞夫

偉績高功周亞夫，將軍威武急危扶。人臣無兩權尊貴，平定七王鎮楚吳。
嚴紀式車營細柳，神兵短刃戰匈奴。陵園石像祠河北，千載蕭蕭護漢都。

註：周亞夫，西漢開國功臣周勃之子，周勃被封為威武侯。有關典事，詳見《史記·絳侯周勃世家》。周氏陵園今在河北景縣縣城內。

耿恭

猛將耿恭征漠北，驚風飛雪志堅決。強弓毒矢寶刀揮，斷水鑿泉糧草缺。
萬死一生疏勒城，十三殘勇玉門闕。貞忠拚命歷辛艱，骨暴沙場悲淚訣。

註：耿恭出戰匈奴，歷「萬死一生」苦險，詳見《後漢書》本傳。清人黃道周《廣名將傳》有述評。

李蘇

黷武窮兵旨意堅，命途坎坷兩忠賢。失援死戰五千卒，持節牧羊十九年。
攜手河梁悲別淚，望鄉贈答痛離遷。詩存七首在文選，遺事馬班詳記焉。

註：蕭統《文選》卷廿九．雜詩有收錄〈李少陵與蘇武詩〉三首及〈蘇子卿詩〉四首。

馬援

畫虎不成反類犬，伏波名訓馬家傳。遠征平亂五溪地，堅守屯防三輔田。
聚米策呈光武帝，據鞍顧盼自當先。壺山病發命難挽，誣陷藏珍罪屈咽。

謝玄

東晉名門有謝玄，才兼文武大能賢。拒兵百萬戰淝水，都督三司敗苻堅。
北伐功高七州統，南歸魂斷八月天。王孫大使祐民眾，慈濟宮中香火傳。

註：謝玄淝水戰功，詳見《晉書》本傳。謝玄被民間尊稱為「王孫大使」，有祭祀謝府元帥，臺南學甲有慈濟宮。

檀道濟

建宋元勳檀道濟，先鋒鎮敵勢張皇。揮軍淝水征北土，堅守廣陵護東陽。
巧設疑兵欺魏卒，唱籌斗米以沙量。走爲上計策卅六，韜略戰功威振揚。

註：檀道濟，東晉末年名將，為劉裕北伐前鋒，有勇謀，精兵法。據《南齊書・王敬則傳》云：「有告敬則者，敬則曰：『檀公三十六策，走為上計，汝父子唯應急走耳。』」

郭子儀

大唐名將郭子儀，武舉狀元功業熙。四世忠臣平戰亂，九原郡督鎮邊陲。
畢生守節安天下，絕境扶危不叛離。鐘鼎端居乃隱退，德誠表奏信無疑。

註：郭子儀典事，見《舊唐書》及《新唐書》本傳。郭氏存世表文十二篇，清世《全唐文》有輯錄。

岳飛

義薄雲天昭日月，精忠報國抗蠻胡。黃龍直搗滅金虜，清水亭中殲韃奴。
大破連環拐子馬，揮刀砍殺鐵浮屠。莫須有罪何荒誕，猛將高功被枉誅。

文天祥

宋瑞忠臣文天祥，狀元志決護邦疆。堅貞肝膽鋤奸惡，捍衛東南戰賊梁。
少保吞冰五坡嶺，右丞絕食八日糧。丹心節義寧殉死，正氣長存萬世揚。

註：文天祥，初名雲孫，字天祥。寶祐四年，殿試欽點為狀元，御賜表字宋瑞。官至右丞相及少保。蒙古軍追擊文天祥至五嶺坡，文被困乃吞冰片自殺。被俘押送大都，途中絕食八日。（詳見《宋史》）

鄭和

七下西洋力建功，大明威望振興隆。遠征海宇宣王教，祀拜天妃鑄釁鐘。
馬六峽灣傳璽印，劉家港口出豪雄。千秋偉業鄭三寶，萬世商行路八通。

註：鄭和，本姓馬，明成祖賜姓鄭，世稱「三保太監」，又作「三寶太監」，《明史》有傳。據文獻所載，鄭氏第一次下西洋回南京建天妃宮，第七次出發前鑄雙龍紋銅鐘以祈平安。船隊由蘇州劉家港出發，對馬六甲一帶地域政治及商貿有重大建樹。

戚繼光

保國安民眞傑雄，戚家軍將抗蠻戎。鴛鴦陣勢膽威壯，鳥虎機鎗火力熊。
追擊元兵掃漠北，窮殲倭賊剿濱東。奈何被譖遭彈劾，晚隱登州勳業空。

註：戚繼光創鴛鴦陣，每隊由十二士兵組成，各持長短兵刃，互相配合，屢建奇功。戚家軍以鳥銃、佛朗

機、虎蹲炮等新製火器作戰，功績輝煌。

俞大猷

明代英雄俞大猷，誓除邊患保中州。非凡武藝精槍棍，勇赴戎機善策謀。
掃蕩舟山殲惡賊，橫屠倭寇滅奸仇。劍經兵法廣傳世，龍虎高功各千秋。

註：俞大猷精通武技，將「荊楚長劍」、「楊家槍」混合而編成「俞家棍」法，著《劍經》一書。另有《兵法發微》、《韜鈐內外編》等著作留世。與戚家軍並稱「俞龍戚虎」，同擊倭寇海賊建功。

袁崇煥

明朝驍將袁崇煥，誓保邊疆赴火湯。勇冠十三山鎮境，錦衣千户志堅剛。
尚方雙劍當奸斬，忠義一心制叛狂。功大竟遭反間害，陵遲慘死斷肝腸。

註：袁氏曾受朝廷錦衣千戶世襲，詳見《明實錄》及《明史》。崇禎曾賜袁尚方寶劍，袁以此劍對奸臣毛文龍之尚方寶劍。事見《明季北略》及《明史》。

左光斗

千秋浩氣左光斗，義正無私天地欽。萬曆卅年明進士，三因十四議忱斟。東林論政六君子，北水疏渠百世甘。遺直齋藏三尺劍，署名存後七弦琴。

註：左光斗，桐城人，曾呈「三因十四議」改善北方水利，詳見《明史》本傳。曾自撰「風雲三尺劍，花鳥一牀書」對聯懸於家中「遺直齋」。另有七弦琴，今存於四川文化館，琴上署有「桐城左光斗造」六字。

史可法

壯烈堅貞史可法，臨危赴義抗蠻龐。庭中對議聯平策，江北誓師護國邦。
賊寇圍城轟火礮，覆書堅節不投降。揚州慘戰身先死，血嶺梅花恨滿腔。

註：史可法，官至南京兵部尚書、東閣大學士，曾議訂「聯虜平寇」之策。有衣冠塚在甯門外梅花嶺。

林則徐

祖宗望族晉南遷，林氏則徐漢裔賢。舉進翰林庶吉士，博通中外學精專。
查封商貿十三行，銷毀虎門百萬煙。五路連環炮抗敵，一心忠義挽危顛。

註：按專家考證，林則徐家族可溯源於晉代。一八三九年，林則徐曾以五路大炮迎擊英軍。

左宗棠

漢裔朝臣左宗棠，幕僚輔政顯聲揚。縋城獻策解圍困，晉品加銜慰酒觴。
大鎮邊區平戰亂，興修水利墾田疆。督師東渡抵侵侮，主戰拒和志意剛。

註：咸豐年間，長沙受攻，左宗棠應湖南巡撫張亮基聘請，縋城入內商議抗敵。

張之洞

晚清總督張之洞，洋務推行振四方。力主中西爲體用，大興文教建庠堂。
通經明訓勵耕讀，製礮造船護國邦。遺恨狂瀾終難挽，救亡香帥亦身殃。

註：張之洞，字孝達，號香濤，有「張香帥」之稱。詳見《清史稿》本傳。

鄧世昌

五品軍功鄧世昌，琛航受任志高揚。水師管帶衛黃海，鐵艦精兵鎮北洋。
甲午侵爭殲日寇，忠貞拚死保王疆。威名致遠留青史，赴義壯懷悲憤殤。

註：鄧世昌，清世海軍名將。被嘉許以五品軍功任命為「琛航」運船幫帶。甲午開戰，鄧氏管帶「致遠」軍艦與日艦交戰時沉沒。

丙篇

百戲

百戲淵源秦漢時，史書樂志有傳之。尋橦角牴吞刀劍，履火高絚找鼎彝。
東海黃公演故事，魚龍鼙鼓舞京師。俳優僄弄揚幡綽，伎藝射廳耍令司。

註：漢人張衡〈西京賦〉對百戲有所描述。《漢書．武帝紀》云：「（元封）三年在，作角牴戲，三百里內皆觀。」《隋書．音樂志》及唐人杜佑《通典．樂典》亦有記錄。僄弄、幡綽、射廳等，古伎藝術語，詳見唐．崔令欽《教坊記》、宋．周密《武林舊事》。橦，粵音童，平聲。絚，大索。《廣韻》有三音，兩讀平聲，一讀去聲。本詩讀平聲，直音恆。耍令，小調。

傳奇

小說初興在六朝，傳奇故事自唐宣。神仙妖怪異聞記，俠義姻緣愛恨纏。
古鏡白猿虯髯客，南柯紅線會眞篇。詩才史筆成溫卷，文彩斐然五代延。

註：桂馥《說文義證》：「（虯）此即今之虬字，隸體　變為乚。」

話本

話本大興繼李唐，都城紀勝已陳之。驕兒詩有云三國，講史風延及宋時。
敘說四家分派系，題材八類更新奇。神仙公案又煙粉，當世民娛添彩姿。

註：唐人李義山《驕兒詩》有「或謔張飛胡，或笑鄧艾吃」，已見說三分事。蘇軾《東坡志林》卷一有記民眾聚坐聽說三國事。四家為小說、講史、說經、合生，詳見耐得翁《都城紀勝》。八類為靈怪、煙粉、傳奇、公案、朴刀、杆棒、神仙、妖術，民間娛樂甚豐，見羅燁《醉翁談錄》。

雜劇

元人雜劇漢時無，及宋諸宮融一爐。題目正名連韻語，旦生淨丑唱腔殊。
介科賓白皆完備，揚孝存忠道不孤。鄭馬關王同仁甫，瓊篇好戲在皇都。

章回

連章結構展長篇，明代先驅清世延。偶句於前為概要，下回分解接新編。
西遊三國藏天道，水滸金瓶寓佛禪。更有紅樓言愛恨，色空生死盡全然。

李娃

唐代傳奇說李娃，遠宗同姓帝王家。蹁蹮婀娜精歌舞，綽約嬌嬈美艷葩。

勖勉郎君勤猛進，登科顯達復風華。功成身退存青史，汧國千秋盛彩霞。

註：〈李娃傳〉又稱〈汧國夫人傳〉，收於《太平廣記》，作者為唐人白行簡。

崔鶯鶯

艷絕佳人傾帝京，名門閨秀崔鶯鶯。感恩酬報僞君子，意亂迷蒙錯愛卿。苟合無媒非妹願，背盟爽約是哥情。心堅決絕不相見，後世西廂記續評。

註：金・董解元〈西廂記諸宮調〉，元・王實甫〈崔鶯鶯待月西廂記〉（簡稱〈西廂記〉），皆據唐傳奇〈鶯鶯傳〉改編，人物性格及故事結局有所不同。

霍小玉

負我眞心枉誓盟，霍家小玉苦冤鳴。郎君變節娶新婦，皎日死生終棄卿。

八月端居長等候，一朝顯貴竟亡情。黃衫仗義亦難挽，慘報華州鬼哭聲。

註：李益曾對霍小玉說：「皎日之誓，死生以之。與卿偕老，猶恐未愜素志，豈敢輒有二三。固請不疑，但端居相待。至八月，必當卻到華州，尋使奉迎，相見非遠。」詳見原作。

唐俠女

豪雄氣概賈人妻，斬斷恩情莫眷提。紅線身懷絕世技，黑衣夜刺敵驚嘶。
小娥血債長年恨，大破字謎怒劍批。心志堅剛唐俠女，前途由我任東西。

註：蔡淑怡學棣論文綜合論述唐女俠義傳奇〈賈人妻〉、〈紅線〉、〈謝小娥〉，頗有見地，詩以誌之。

風塵三俠

白衣李靖志非凡，紅拂佳人夜私奔。路遇豪強虯髯客，胸懷霸業戰旗幡。

縱橫天地來三俠，重整江山復一元。世界終非公所有，扶餘遠走另乾坤。

註：〈傳〉中道士輸棋後對虯髯客說：「此世界，非公世界也，他方可圖。」詳見杜光庭〈虯髯客傳〉，此作收錄於《太平廣記》卷一百九十三。明人張鳳翼、張太和先後改編為劇作〈紅拂記〉，凌濛初又編為〈虯髯翁〉。

趙盼兒

久歷風塵趙盼兒，精歌善舞貌僊姿。江湖練達人通曉，意志剛強心善慈。被困引章何解救，聰明義姊計來施。奇謀倒反懲周舍，官府收監受棒笞。

註：趙盼兒金蘭義妹宋引章被惡棍周舍騙婚而遭受禁錮虐待，詳見元．關漢卿雜劇〈趙盼兒風月救風塵〉。

張倩女

豈可嫌貧背約婚，張家倩女決私奔。一心愛慕迷青瑣，千里追隨出竅魂。
結義相夫成美眷，登科及第耀庭門。雙雙合體眞神妙，不藥病除終復元。

註：張倩女乃元．鄭光祖名劇〈迷青瑣倩女離魂〉女主角，此劇後世有簡稱〈倩女離魂〉。

杜十娘

絕色佳人杜十娘，前途自主決從良。孽緣枉信三生約，贖己金藏百寶箱。
姊妹情深來餞賀，夫君畢竟負心郎。尊嚴被毀最傷痛，怒抱明珠蹈海亡。

註：杜十娘故事見明人馮夢龍撰《警世通言》〈杜十娘怒沉百寶箱〉，屬擬話本小說。有云此據明人宋懋澄〈負情儂傳〉改編而成。

十五貫

十五貫錢何巧合，雙胞不辨屈成冤。無辜受辱因卑賤，潛盜行兇乃禍根。
胡裏胡塗胡亂判，案中案犯案難翻。昏官愚眾妄批論，二姐崔寧慘斷魂。

註：十五貫故事原名〈錯斬崔寧〉，屬宋代話本小說，最早收入《京本通俗小說》，作者不詳。明人馮夢龍《醒世恆言》改編為〈十五貫戲言成巧禍〉，清人朱素臣改編為長篇傳奇。故事主角崔寧、陳二姐二人含冤被判死刑。

三國演義

七分史實三分虛，演義興衰魏蜀吳。篡位奪權爭霸業，趁機叛亂出奸徒。
揮軍南北相攻伐，逐鹿中原互剪屠。漢室傾頹終不振，忠肝義膽亦難扶。

劉備

一雙慧眼識英雄，千百奇才助建功。三顧草廬得諸葛，渾身是膽有子龍。
行仁守義安天下，延漢親民尚古風。入蜀登基開偉業，賢君典範德興隆。

諸葛亮

南陽候訪會知己，得志出山氣如虹。韜略宏圖制北敵，奇才妙算借東風。
三分謀策一天下，八陣堅防大漢中。輔主登基保社稷，忠貞效命最高功。

註：諸葛借東風大敗曹軍，見元話本《三國志平話．中卷》及羅貫中《三國演義》第四十九回。

關羽

忠義干雲傲不群，桃園盟誓討黃巾。青龍刀劈華雄首，白馬解圍勢萬鈞。
掛印封金斬六將，趁機引水淹七軍。功高顯赫眞豪傑，漢壽亭侯武聖君。

張飛

雄風赳赳漢司馬，燕地將軍出少年。一喝聲威斷長阪，匹夫氣勢震山川。
葭萌夜戰鬥孟起，汜水蛇矛制奉先。三國武功誰敵手，桓侯忠義薄雲天。

註：劉備領平原相時，關羽、張飛皆為別部司馬，分統部曲。蜀漢景耀三年，追謚張飛為桓侯。見《三國志》本傳。

馬超

誓將鮮血洗銀槍，爲報父仇大起兵。十萬雄師殲漢賊，一門忠烈反曹營。
信披北土求民瘼，威遍西戎開太平。輔弼領銜成偉業，千秋百世享英名。

註：建安廿四年秋，馬超為首領銜蜀中文武百官上表漢獻帝，擁劉備為漢中王。見《三國志・蜀書・先主傳》。

黃忠

征西護主定河山，怒斬夏侯將險扳。勇冠三軍先士卒，寶刀一出殺強頑。
忠誠義正同張趙，剛猛勳高並馬關。任重策封列五虎，千秋銘記戰功頒。

註：黃忠位列五虎大將，見《三國演義》第七十三回。

趙雲

常山猛將趙子龍，武藝超凡屢建功。百萬軍中藏阿斗，連番陣裏鬥虎熊。
青釭寶劍砍強敵，匹馬單槍救主公。忠義雙全千古頌，一身是膽最英雄。

龐統

水鏡先生薦異士，能安天下此奇柯。入川三策眞高見，諫主一言直不阿。
白水涪城興偉業，南州冠冕鎮關河。揮軍攻雒中流矢，遺恨千秋落鳳坡。

註：水鏡先生司馬徽曾對劉備云：「臥龍，鳳雛，二者得一，可安天下。」見《三國演義》第卅五回。龐統獻三策助劉備取得涪城，又堅守白水關建功。龐統有「南州冠冕」之譽，詳見《三國志》本傳。

法正

蜀漢重臣法孝直，早年都令侍劉璋。奇謀善策高才幹，洞悉機情制敵強。
神勇護君迎箭雨，忠貞猛志比刀剛。堅心輔政弼皇業，好鬥睚眦終命殤。

註：法正，字孝直，初依附劉璋，為新都令，不受重用。後投奔劉備，屢建功勳，以聲東擊西之計取得漢中。建安廿五年去世，享年四十五。陳壽《三國志》記述法正為人，「一飡之德，睚眥之怨，無不報復」。法正替劉備擋箭事，詳見本傳注文。

姜維

伯約兼文武，英雄出少年。投誠抗司馬，輔漢當陽先。忠義繼諸葛，救危一線懸。
涼州驍勇士，虎步兵精堅。赤膽守劍閣，統軍鎮四川。不虞敵暗渡，偷殺入陰平。
反擊而身死，回天乏力焉。姜祠甘谷縣，尚享千秋延。

註：諸葛亮封姜維為當陽亭侯，又稱許姜維乃涼州上士。姜維精練虎步兵數千抗敵，堅守劍閣險地，鍾會大軍屢攻不下。詳見《三國志》本傳及注文。《廣韻》「平」有三音，均是平聲韻。詩韻一先有「平」字，另一見庚韻。

孫策

孫策威名小霸王，才雄志壯勢堂皇。承先啟後建三郡，尊故開新據九江。
拔戟神亭鬥太史，陳兵稽地鎮錢塘。將軍討逆功高大，中伏丹徒命慘亡。

註：孫策家族早年居九江郡壽春縣，與周瑜振興吳地。因伐袁有功，表為討逆將軍。少時會師於錢塘江，攻取會稽。於神亭嶺大戰太史慈，後兩為深交。孫策在丹徒狩獵中埋伏，傷重身亡。詳見《三國志》本傳及注文。

孫權

孫權志大繼兄居，奮振江東千萬胥。尚武珍藏六寶劍，好文精讀三史書。
聯兵抗賊有雄略，合力火攻將敵屠。一舉功成威四海，邦交中外展宏圖。

註：孫權藏寶劍及讀史事見《古今注》、《江表傳》。與外邦交事見《梁書．海南傳》、《隋書．經籍志》。

周瑜

儒將周公瑾，東吳顧曲郎。雄姿英煥發，氣宇俊軒昂。文武堪雙絕，貞忠誓不降。
連環燒敵艦，風火滅曹狂。偉業存青史，功名百代揚。

魯肅

臨淮魯子敬，赤膽保東吳。洞識奸曹計，聯兵訂虎符。荊州會武聖，毋懼勢單孤。
據理爭吾土，忠臣非懦夫。多謀亦毅勇，青史有褒謨。

二喬

喬家有二女，國色亦天嬌。大姊嫁孫策，霸王振兩朝。小妹夫公瑾，破曹猛火燒。
高功無匹敵，吳郡勢憂超。可恨命皆短，英年三十夭。美人成寡婦，長悼楚雙翹。

太史慈

北海銜恩太史慈，南方英傑盡皆知。嚴裝美髯重情義，酣鬥桓王戰陣馳。

猿臂身長七尺七，箭穿掌柱奇中奇。聲名大振揚威信，楚地東萊有祭祠。

註：太史慈救北海孔融事，詳見《三國志》本傳。〈傳〉云：「慈長七尺七寸，美鬚髯，猨臂善射，弦不虛發。」孫權登基稱帝，追謚孫策為長沙桓王，太史慈與孫策相鬥事，見《三國志》及《三國演義》。

典韋

三國陳留出典韋，英豪蓋世震曹城。牙門拔幟眞神勇，襄邑殲仇報友情。

擲戟突圍于五步，宛城血戰掃千兵。衝煙救主拚生死，虎將雄威懾敵營。

註：典韋五步擲戟殺敵事，詳見《三國志》本傳。

虞翻

虞翻卓爾不同群，文武雙全當世聞。徒步日行三百里，忠心事主不二君。
長矛善用破強敵，易卦蓍占解算殷。才大堪如東方朔，孫吳一士抵千軍。

註：虞翻，善使長矛，精《周易》，自云無馬步行，可日行三百里。孫權曾謂虞翻可與東方朔相比。見《三國志》本傳。殷，深也。

許褚

三國曹營有許褚，少言謹慎勢神威。拖牛徒走逾百步，勇力絕人腰十圍。
護主渡河鬥天將，持鞍擋箭眞虎癡。潼關劇戰聲名振，萬歲亭侯功永垂。

註：《三國志・魏書・許褚傳》云：「許褚身長八尺餘，腰大十圍，容貌雄毅，勇力絕人」；「一手逆拽牛尾，行百餘步」。又云：「軍中以褚力如虎而癡，故號曰虎癡」。諸葛亮曾稱馬超為「神威天將

軍」，見《三國志通俗演義・第十七卷・曹丕五路下西川》。

鄧艾

魏將鄧士載，奇才善用兵。積糧千萬斛，軍備五里營。水寨鬥諸葛，閉門拒戰迎。
裹身落馬閣，偷渡過陰平。血戰取綿竹，強攻入蜀城。功高招毒害，被剿受污名。
晉後得昭雪，終還清譽聲。

註：鄧艾，字士載，《三國志》有傳，其事亦見於《世說新語》、《三國志通俗演義》卷廿三、廿四。

楊修

漢魏有楊修，名家飽學士。天資聰敏思，當世誰堪比。速破八字謎，勝曹三十里。
活門一合酥，拆解瞭如指。雞肋惹君怒，虎頭叮蝨死。智高招妒恨，典畧述原委。

註：《三國志》楊修無傳，裴注引《典略》有詳記楊修事。與曹操猜〈曹娥碑〉事，見《世說新語・捷悟》。

左慈

漢方士左慈，修道成天仙。萬變分身術，九丹金液傳。命長三百歲，酒食千人筵。
戲謔曹公輩，高徒葛孝先。神通抑幻覺，秘技存遺篇。眞僞誰知曉，典藏述記焉。

註：左慈，字元放，號烏角先生，有關典事，詳見《後漢書》、《三國志》。葛玄，字孝仙，葛洪之從祖父。葛洪《抱朴子・金丹篇》有載左慈乃葛玄之師，傳《太清丹經》三卷，及《九鼎丹經》、《金液丹經》各一卷。

徐庶

穎川徐元直，文武兩兼修。新野助先主，督師運策籌。八門鬥我陣，一夜殲讎仇。
程昱進奸計，僞書騙棄劉。冒充親娘筆，急召倍心憂。走馬薦諸葛，蜀營難再留。
返家遭譴責，母縊痛悲愁。壯志從今罷，緘封不獻謀。

註：徐庶《三國志》無傳，其事見《三國志．蜀書．諸葛亮傳》及《三國演義》第卅七、四十八回。

尉遲恭．秦瓊

說唐演義數英豪，叔寶尉遲最傑雄。九曲投誠爲統管，二州鎮伏有高功。
雙鞭雙鐧添神勇，一主一心全義忠。圖像長存凌煙閣，家門光耀享譽崇。

註：尉遲恭、秦瓊，正史有傳，清世刊行《說唐演義全傳》（簡稱《說唐》），有描述二人英雄事跡。

水滸傳

大宋宣和亂事遺，梁山聚義揭旌旗。弱貧百姓苦苛政，貪腐官僚高壓施。
不義不公不思過，無生無計無米炊。困於惡法終難忍，水滸英雄怒抗之。

武松

水滸英雄武行者，功夫深厚性純眞。過崗一飲十八碗，打虎雙拳百千鈞。
殺嫂爲兄仇必報，棄官受罪苦添辛。遠征方臘保家國，斷臂歸修佛法身。

林沖

水滸英雄豹子頭，爲人率直武功優。花槍快準眞無敵，揮棒神威第一流。

教習禁軍八十萬，帶刀中伏百千仇。火燒草料被謀害，不殺虞侯不罷休。

魯智深

水滸英雄魯智深，江湖仗義氣干雲。三拳痛打關西霸，八尺魁昂猛虎賁。
送別豪情七十里，垂楊倒拔百千斤。錢塘潮信悟生死，圓寂方知我果因。

註：魯智深歸空前笑道：「既然死乃喚做圓寂，洒家今夜必當圓寂。」書中頌曰：「錢塘江上潮信來，今日方知我是我。」見《水滸傳》第一百一十九回。「因」為真韻，粵音與文合韻，今借用。

扈三娘

扈氏三娘武藝精，英風凜凜勝雄兵。江湖兒女雙刀將，日月金光一丈青。
探事馬軍酣戰鬥，深恩重義允婚成。夫妻同陣同生死，坐鎮梁山地慧星。

註：扈三娘與丈夫王英與方臘屬下猛將鄭彪交鋒先後戰死，見《水滸傳》第一百一十七回。「星」為青韻，今借用。

花榮

水滸英雄小李廣，花榮絕藝享威名。梁山五絕定班次，虎將八騎好弟兄。
一箭功成破敵陣，三征慴退祝家兵。受封都統應天府，殉義銀槍在楚京。

註：花榮為馬軍虎騎兼先鋒使之首，精射藝，善使銀槍，又稱「銀槍手」。明末清初小說家陳忱曾將戴宗、燕青、張清、花榮、安道全之絕技譽為梁山五絕。《水滸傳》第一百廿回，寫花榮到楚州蓼兒洼高原宋江墓前自縊身亡。

戴宗

水滸英雄有戴宗，江州鎮守押牢籠。足纏四甲神行術，步走千山疾似風。
仗義傳書遭譴責，總探消息應居功。受封棄位參成佛，嶽廟出家大笑終。

註：戴宗原是江州兩院押牢節級院長，梁山聚義職司為總探聲息頭領，見《水滸傳》第卅七回。施耐庵寫戴宗「大笑而終」，見《水滸傳》第一百廿回。

秦明

水滸英雄有秦明，青州統制反門庭。梁山五虎第三位，決陣百回鬥千兵。
萬夫難敵狼牙棒，屢戰建功天猛星。剛烈性情霹靂火，殺聲怒振懾雷霆。

註：「明」、「兵」皆庚韻，粵音與青韻合，今借用。

楊志

水滸英雄有楊志，興家振業意堅強。五侯絕技世名將，三代神威力猛剛。
汴市賣刀除惡霸，辰綱押領苦遭殃。梁山迫上為民命，北戰西征我武揚。

註：楊志三代將門之後，五侯楊令公之孫，有關人事詳見《水滸傳》第十一回。

燕青

水滸英雄燕浪子，忠貞護主至深誠。冰肌紋翠精相撲，瓊面唇朱擅樂聲。
八拜金蘭存義節，一書御賜釋戈兵。不居功賞適時退，智勇雙全天巧星。

註：燕青與李師師、宋君皇故事，詳見《水滸傳》第八十一回。「星」為青韻，粵音與庚韻合，今借用。

呼延灼

高超武藝有呼延，水滸英雄忠義全。名列馬軍五猛虎，家傳無敵雙鋼鞭。
天威勇鬥四皇子，大破金兵一將先。踢雪烏騅同殺陣，淮西戮戰志剛堅。

註：呼延灼，位列天罡星第八位，上應「天威星」，曾與金兀朮四太子決戰，殺至淮西。《水滸傳》第五十四回，寫呼延灼「騎一匹御賜踢雪烏騅，使兩條水磨八棱鋼鞭」。

盧俊義

水滸英雄盧俊義，濟貧扶弱玉麒麟。興家河北疏財富，享譽山東及泊濱。
九尺神威精棍棒，四征惡霸拯黎民。殺場臨敵膽肝壯，丈二鋼槍掃萬軍。

註：盧俊義，綽號玉麒麟，位列第二，為天罡星。本詩二、四、六句用真韻。第八句「軍」為文韻，粵音合韻，今借用。

西遊記

奇作西遊寄意酣，構思絕妙釋禪參。取經天竺唐三藏，證道人心念一貪。
苦難修行空五蘊，慧生戒定制諸婪。世間萬物皆平等，無量慈悲佛法涵。

唐三藏

金蟬前世大唐僧，品性慈悲修上乘。三寶隨心人本善，四徒誠服法明燈。
西行苦旅多災劫，唯識新宗自始稱。翻譯經文千百卷，無邊功德第一能。

註：傳聞唐僧前世為如來佛祖二徒弟金蟬子。據《大唐大慈恩寺三藏法師傳》卷十所記，玄奘一生所翻譯之宗教文獻，有七十四部，總一千三百卌八卷。

豬八戒

天蓬元帥是老豬，貶落凡間福陵居。本性貪婪好女色，誠心修練取經書。
五葷三厭戒持定，九齒大耙將妖鋤。終越難關八十一，淨壇使者苦功舒。

註：豬八戒，法號悟能。前世為執掌天河八萬水兵「天蓬元帥」。因保護唐僧取經有功，修成正果，佛祖封之為「淨壇使者」。妖，粵音有平、上兩調，此句按格律讀仄聲。

沙悟淨

卷簾大將玉帝臣，破盞琉璃落凡塵。守護聖僧齊侍奉，西行上路苦而辛。
骷髏九顆磨博士，土性五黃羅漢身。月牙鏟并降魔杖，正善祥光八寶珍。

註：沙悟淨本為上界捲簾大將，因打碎琉璃盞，被貶下界。「磨博士」之稱，見《西遊記》第四十九回。修成正果後，佛祖封之為「南無八寶金身羅漢菩薩」。

孫悟空

刪除命冊閻王殿，定海神針霸氣雄。弼馬溫名欺我甚，沖霄怒火鬧天宮。
五行山下五百載，萬劫禍災萬千凶。力保恩師修正果，齊天大聖孫悟空。

白龍馬

西海王宮三太子，天龍八部護唐僧。化身白馬修心性，被貶盤蛇受戒懲。
逆燬殿珠罹罪過，歸皈我佛遇明燈。苦災歷盡萬千劫，廣力菩薩功業弘。

註：西海龍王三太子化身白龍馬，後被封為八部天龍廣力菩薩，負載唐僧西行取經，為第四位門徒。

羅剎女

潛藏修練芭蕉洞，玉面狐狸法力雄。鐵扇罡風制火燄，親娘慈愛小孩紅。
無欺無騙可相借，有恨有冤不順從。大義當前仇放下，拯民脫免苦災中。

註：羅剎女，又稱玉面狐狸，於翠雲山芭蕉洞修練。擁有法寶鐵扇一把，又名鐵扇公主。與牛魔王成婚，生子紅孩兒。狸，粵音書面語為平聲，口語變調為陰上，此句按格律讀平聲。

荊劉拜殺

南戲廣興在元明，荊劉拜殺有盛名。以叙婚聘一生愛，逐免會親兩淚盈。
王蔣團圓終美眷，狗朋借醉害孫榮。民間事態萬千變，四筆縱橫盡世情。

註：元明南戲有〈荊釵記〉、〈白兔記〉、〈拜月記〉、〈殺狗記〉四劇。〈荊釵記〉一般認為是元人柯丹丘之作，寫王十朋與錢玉蓮婚姻。〈白兔記〉永嘉書會才人編撰，寫劉知遠與李三娘姻緣，又稱

〈劉知遠白兔記〉。〈拜月記〉又名〈拜月亭〉，元．施惠所作，寫蔣世隆與王瑞蘭姻緣。〈殺狗記〉，元末明初徐仲由所作，寫殺狗勸夫事。

聊齋

說鬼原來是說人，聊齋寄意細如塵。狠心惡毒甚冤鬼，本性純良招殺身。
色是空時空是色，春來冬去冬來春。情情愛愛生恩怨，何必癡纏苦又辛。

促織

上好之時下甚然，全民捕蟀廢農田。變成促織通靈氣，中舉登科充卓賢。
荒誕奇聞焉盡信，實情託怨控當權。聊齋神怪本於避，避諱王風怒火燃。

聶小倩

聊齋誌異鬼姑娘，落魄孤魂野寺莊。苦被操持來吸血，夜潛寢內殺甯郎。
采臣氣正避災劫，小倩情眞心善良。仗劍夾囊破妖法，良緣終結拜高堂。

註：女鬼聶小倩與書生甯采臣之愛情故事，愛恨纏綿，怪異驚慄，堪為《聊齋》人鬼戀之典範。

畫皮

爲索佳人驚艷色，竟將煉獄作甘泉。畫皮舉振鋪屍骨，彩筆儼然化外仙。
厲鬼纏身心被挖，救夫茹苦唾吞咽。若非眞道降魔劫，孽海沉淪難命延。

辛十四娘

聊齋誌異十四娘，辛氏仙狐紅艷妝。天性純良爲婢僕，機靈善淑侍君郎。
酒中醉語招災劫，身陷牢籠痛斷腸。義救夫婿終脫險，可悲緣薄命難長。

金瓶梅

百回鉅著金瓶梅，寫盡人間罪孽災。妖賤兇邪殺夫婿，通姦猥褻暴斂財。
紅丸春藥催淫慾，鬥角勾心懷鬼胎。譴責如揮當頭棒，猛然霹靂響驚雷。

紅樓夢

看破紅塵入佛門，興亡聚散大觀園。乾坤惘惘誰知曉，宇宙空空是本源。

寶黛姻緣難自主，癡情苦命淚悲吞。心生幻境虛無物，徹悟之時斷六根。

林黛玉

寄人籬下弄嬌姿，世故不通心戀癡。癡戀哥哥癡愛結，苦情妹妹苦相思。
木盟石誓難成偶，轉鳳偷龍暗換枝。釵玉洞房花燭夜，瀟湘妃子命殃時。

賈寶玉

姻緣先訂兩乾坤，木石前盟終不婚。寶玉哥哥鍾誰愛，林家妹妹苦命鴛。
金釵十二虛長夜，絳草三生滿淚痕。荒誕世情荒誕事，神瑛侍者泣花魂。

范進

飽歷欺凌現世寶，卑躬受屈苦清淒。廿年落第書獃子，半世窮儒賣雉雞。
中舉魂飛情智亂，居喪虛作饜葷齋。龍門甫入官威壯，文木山房細狠批。

註：范進中舉前被文人諷罵為「現世寶」，有關人情事態，詳見《儒林外史》第三、四回。「齋」為佳韻，粵音近，今借用。

胡屠戶

趨炎附勢胡屠户，潑辣囂張氣燄騰。前倨後恭討鬼厭，尖酸刻薄乞人憎。
魁星痛醒一巴掌，地獄回登十七層。筆調詼諧文木士，戲嘲世態有依憑。

註：胡屠戶迷信中舉者乃「文曲星」下凡，掌摑天上星宿會被發落十八層地獄。吳敬梓於此寫有人趁機嘲諷胡某，謂打一巴掌醫好女婿有功，可提上第十七層地獄。

愚公

移山竟爲路迂迴，當日卜居本不該。智叟妄評無道理，愚公反駁方悟開。
昧於識見好譏議，自作聰明可笑哉。洞察人情列禦寇，寓言構想確奇才。

註：故事見《列子・湯問》，強調愚智之別，世人皆謂有志者事竟成。

守株

兔走觸株折頸死，心慌莽撞命嗚呼。政隨時變乃韓旨，頑固執迷是腐儒。
一得棄耕長守候，千秋譏諷宋愚夫。不勞而獲作成語，世代流傳亦通乎。

註：故事見《韓非子・五蠹》。

刻舟

刻舟求劍眞愚笨，世有如斯大蠢材。水上航行焉即止，江中撈取亦難哉。
蔽於成見不知變，信賴庸儒更鈍胎。墮下直沉船遠去，急流沖走怎回來。

註：故事見《呂氏春秋·察今》。

鷸蚌

有蚌方來曝水濱，鷸銜飛下啄其身。匆匆閉合緊箝喙，狠狠堅持兩苦辛。
今日如無濕雨潤，明朝必死葬沙垠。漁人路過并擒去，燕趙相殘益虎秦。

註：鷸蚌相持出自《戰國策·燕策二》，本為燕國說客蘇代至趙國游說休兵之事。

虎狐

虎求百獸而食之，被捕狐狸奸計施。騙說乃承上帝命，敢呑必定犯天規。若然不信試隨走，可證所云非詐欺。狡猾行爲終得逞，威風借用竟無知。

註：故事見《戰國策・楚策一》。

魯人

魯人雙手持長竿，走到城門屢轉團。竪直高低無可過，放横左右被遮攔。孩童皆曉從中入，鄉里呼來笑裏看。自詡聰明翁獻策，一刀兩斷解疑難。

註：故事見三國魏・邯鄲淳《笑林》，北宋・李昉、扈蒙、李穆等編《太平廣記》有收錄。

中山狼

東郭先生何蠢鈍，竟招惡獸躲書囊。追兵險過露兇相，啗爾肉身充食糧。
誘騙決疑問三老，砌詞將命獻餓狼。忘恩負義逞歪理，牛樹無情更作倀。

註：明人馬中錫於成化、弘治年間撰〈中山狼傳〉，收錄於《東田集》。正德年間，康海編為〈東郭先生誤救中山狼〉，又簡稱〈中山狼〉。

丁篇

念王傳忠師賦五古一首

東莞高名望，德隆心善良。笑談論教習，精氣神軒昂。文武堪雙絕，襟懷容萬邦。
拳宗粵洪佛，書法晉二王。禮義傳千户，忠仁遍十方。畢生宣正道，風範存香江。

註：王傳忠師，東莞人氏，同鄉會要員，曾任教師，文武雙修，精洪佛派拳械，善書法，尤好王羲之父子行楷。自創十全大補功法，義教街坊數十年，功德無量。

酬答蕭自熙先生

萬里鴻飛至，一江煙水春。書成何足論，旨意報希眞。絕唱贈寒士，惠風感楚人。
泰山高景仰，隆德耀星辰。

註：蕭自熙先生二零零四年十一月於四川大學贈鉅著《蕭自熙散曲全集》，余呈拙作酬答。先生於二零零五年元月十八日來函鼓勵，並贈〔雙調〕〔秋風第一枝〕：『漢卿仁甫東籬，君究三家，探索幽秘。天馬行空，獨開蹊徑，師指津迷。花入畫鮮活艷質，果成書大小珠璣。樂得來風也輕吹，馨也相隨；笛也輕吹，韻也相隨。』先生原作手稿錄於本書附頁。希真，業師金滿教授別字。

次韻汝栢恩師國學研讀會成立賀章

華夏文明何古遠，五倫百行孝爲先。六經義蘊千秋頌，一貫精神萬世延。
學究天人思猛進，鉤稽易道更深堅。杏壇振鐸斯文盛，澤惠菁莪德業傳。

次韻汝栢吾師丙戌元日試筆

中華文脈火薪傳，滴水功深石可穿。日月呈輝時德潤，易詩孤詣許精專。

文辭練達千秋業，國故弘興大有年。春到人間花競麗，名昭宇內樂齊天。

敬謝汝栢吾師見贈謹次其韻

業尚精勤望展舒，奮將心事效鴻儒。乾嘉高詣輝千載，桂段專晐通九衢。多識前賢容有得，謹隨正學賴加扶。明燈夜讀南窗下，銜德師恩感不孤。

註：恩師贈詩手稿錄於本書附頁。

敬謝恩師贈詩步韻

中華國粹族靈魂，萬古傳揚道學眞。五典三墳存百代，六書八法力千鈞。說文解字許功偉，句讀弘通箓友親。耕耨廿年斯稿脫，或容半點邁前人。

註：清人王筠著《說文句讀》，箓友者，王氏別號。

次韻汝栢吾師中文大學四十周年志慶

中華文化最崇尊，弘道東西四十年。面海環山含秀氣，層臺嘉樹勢超然。
精研國學來先導，深造醫商並得延。寰宇待看新發現，鴻圖大展在明天。

和汝栢恩師七律一首

七十高齡古謂稀，而今逾百未新奇。身康體健心猶健，日轉星移志不移。
學究天人窮造化，弘通易理更神頤。雙修性命還眞道，安享延年益壽期。

註：恩師贈詩手稿錄於本書附頁。

念蘇師賦七律一首

蘇門學問出無錫，南下香江揚教鞭。剛毅寬仁高節義，溫惇厚道靜修禪。
文心詩品及騷賦，韓柳馬班有論詮。七律五言詞與曲，行書隸草邁儕賢。

註：蘇教授早年於中文大學講授《文心》、《論語》及陶詩，後在珠海文史研究所開班講課，曾授《詩品》、《韓文》、《楚辭》、《文選》及漢賦等研究專題。刊行專著有《邃加室講論集》、《說詩晬語詮評》、《韓文四論》等數十種。蘇師親贈墨寶見於本書附頁。

緬懷王師賦七律一首

珠海研尊傳道學，懷冰教授最賢師。五經精博兼莊老，百史弘通及禮儀。
漢賦宋詞析有法，文心詩品論深思。當年親炙言猶在，銘感銜恩頌敬之。

註：懷冰教授曾任珠海文史研究所所長，王師博覽群經及廿四史，講課期間，輒於黑板默寫原文及注疏佐

證，援引無誤，令人佩服。

拜謝恩師王寧教授

名門碩學繼傳承，一脈乾嘉耀斗星。訓詁導源稽古遠，說文辨義析音形。
開新層次拆分法，創論成科建户庭。王者寧心扶後進，德光功偉譽芳馨。

寄贈李正榮教授

昔日香城會，嘉朋勝友于。同年同志趣，樂事樂心舒。道正高修養，德榮宏業居。
東西無隔閡，南北兩游魚。江海何深闊，浮沉不旻如。但逢時運轉，疫去世憂除。
祈願萬千好，健身勿懶疏。鶺鴒原振翅，佳境通衢塗。

註：數年前，李正榮教授曾來鴻談及彼此生活情誼，並比擬之為南北兩海之游魚。

步老杜〈贈陳二補闕〉原韻寄贈

營役塵緣業，幻虛利與名。但能舒己意，不必慕公卿。深谷松風動，夜空星月行。潛藏大化地，藕孔寄餘生。

賀特雷伉儷榮休

卅年化育兩賢師，顛倒晨昏任騁馳。三一聖堂籌教策，萬千學子競優資。辭官潘岳侍慈母，求道張良最適時。雙絕英才雙比翼，逍遙天地並翔飛。

答酬蔡師

謫自卅重天外天，餘灰劫後亦人仙。懸壺牛角傳眞道，對榻柴灣笑傲然。

敲日熔爐紅熾火，煉金丹藥紫霞煙。出塵俊逸逍遙子，功德無涯壽萬千。

註：蔡師修大道，自號逍遙子。

酬謝趙英師傅

豪傑巧逢不用尋，剛柔妙法勢嚴森。五行拳蘊乾坤氣，太乙神藏天地音。
奇技功夫須苦練，精修絕藝更堅心。英風高義終生記，趙武維揚懷汝襟。

贈友

暫寄浮生滄海涯，襟懷磊落有誰知。西山待月琴橫久，東閣臨風露散時。
諸葛三分天下計，陳王七步釜中詩。羨君八斗才堪用，花發明年果滿枝。

惡浪

悻然惡浪百千尋，宦海無情歪險森。渭水斷崖垂釣叟，廣陵一曲徹雲音。
陰陽造化乾坤氣，韓柳文章天地心。知爾才高終必用，願金風送解煩襟。

註：友人際遇不順，詩以答之，共三首。

輾轉

如斯輾轉是何由，一路蜿蜒又幾秋。碌碌耕耘牛亦馬，茫茫顛簸筏爲舟。
天羅地網沖霄漢，雨箭風刀怒海浮。回看江湖四十載，誰甘緩帶夾輕裘。

縱有

縱有沖天飛鶴志，亦兼入地屠龍心。目盲不識泰山貌，運滯難尋定海針。
諸葛效忠因三顧，馮驩消債抵萬金。廉頗焉減豪雄氣，髮白從容將虎擒。

小聚

湖海相忘四十年，喜今重聚富豪軒。盛哉濟濟親師友，樂也融融嘉會筵。
總角童蒙心未已，壯懷逸興志仍堅。東西縱隔萬千里，託雁頻傳信與箋。

孫兄來鴻有感寄贈

孫兄襟廣海容寬，奮鬥生涯不畏難。文史兼修精考據，儒經深議發倪端。

鴻篇博論阮吉士，宋學弘通創新觀。尚有葬書說八卷，獨家識見挽狂瀾。

註：孫兄刊有《陳確〈葬書〉之研究》鉅著。陳確，明清學者。

寄贈志威賢兄榮休

志氣軒昂聲譽威，陳門學問具箴規。中西義理傳心法，教管精研創指歸。

栽育芝蘭四十載，功成鴻雁並雙飛。沖霄直上萬千里，展翅鵷鴒會有期。

和黃敬賢學棣掛畫自題詩七絕兩首

其一

疊嶂嵐山勢壯雄，五方靈氣寓雲容。參天古樹矗而拔，入靜眞人在帳中。

其二

帳中入定靜修眞，妙境參然天上神。古柏嵐山含秀氣，一年冬至又回春。

戊篇

讀陶詩步〈移居〉其二韻

惘然念往昔，忽爾憶君詩。道隔有千載，衷心仰慕之。淵明高義士，婉愜寫幽思。
混世多卑濁，強橫見節時。退藏大智慧，隱逸淡於茲。還我本眞性，尊嚴不可欺。

寒氣

寒氣忽來冷冷森，霑霑露濕石堦陰。曉行信步迎風上，雲厚天蒼微雨侵。
雙燕雙飛雙一往，百勞百累百千尋。山高水靜草萋綠，秋去冬來又至今。

深谷

深谷迴蹊覓又尋，星天寂寂夜深森。潛龍歸洞寧無悔，待月乘槎候好音。
四十年來磨一劍，三千白髮繫丹心。凭高望盡天涯路，陣陣涼風入領襟。

轉瞬

轉瞬年華又一開，此心仍舊並無猜。可曾減卻風雲氣，艷冷猶勝雪嶺梅。
水激三千鵬振上，潮如百萬駿奔來。夜星點點點星夜，劃指天孫燦矣哉。

註：《史記・天官書》：「婺女，其北織女。織女，天女孫也。」唐・司馬貞《索隱》：「織女，天孫也。」

秋水

秋水亡情逾四十，奔蹄歷練滿塵埃。雲歸隱約山侵月，冬後可曾嶺已梅。
荼火如如紅間白，天心黯黯靛而灰。潛沈磨洗雙龍劍，罡氣丕丕舞千回。

匆匆

秋來春去太匆匆，綠水青山總遇逢。天地有緣生萬物，人間無事各西東。
但知因果非常理，花落還如此夢中。大道循環何所往，遠邊一抹夕陽紅。

天曉

困眠一夜到天曉，早起愁凝微雨湮。心意何曾因變改，情深儘是比金堅。

紫蘭迂曲花紅發，青竹幽生溪白泉。拾級而來風正好，蒼松底下聽鳴鷴。

七夕

秋來七夕是佳期，織女牛郎相見時。神話遙傳焉可信，朞年一會總傷悲。
人間有此荒唐事，天上竟然宿命司。難配良緣難盡意，何因何解逼分離。

所思

日有所思夜有夢，夢中悲喜亦迷濛。凶凶吉吉非眞相，美美甜甜醒告終。
蝶舞翻飛猶款款，黃粱飯熟太匆匆。人生在世如朝露，緣去緣來各不同。

破曉

破曉澄潭出水梟，旦明一線在東隅。山高似近雲頭白，夕照悠長石映朱。
往昔匆匆如過客，何天道道見眞吾。幽居宜靜宜詩畫，前路迂迴步不趨。

藍花

藍花荒草茁藤蘭，炎夏佳時更壯觀。山上人來千日好，晴空雲盪一心寬。
新苗抽發新生態，舊地重臨舊處看。岑靜方知天遠大，蕙風盈袖獨倚欄。

如梭

日月如梭逝水流，白雲飄蕩又深秋。路遙我馬猶行健，風過山林清更幽。

薪火相傳燃百代，聖儒黽勉道雙修。梵膏繼晷復肩任，三十七年力不休。

甲子

六十人生逢甲子，大千世界又同儔。碧天萬里一輪月，紅日斜暉百尺樓。
塵事如煙駒過隙，落花之處水長流。丹心仍在冰壺裏，復始周而春至秋。

雨煙

花開花謝又經年，樓上樓臺細雨煙。黃鴨游來同一旅，白雲底下并雙鳶。
絮飛有感成新作，夢醒無聊看舊箋。寂寂燈昏空月夜，孜孜蟲唧到明天。

註：某年有巨型橡皮黃鴨留訪尖沙咀海運碼頭，引來無數遊人觀賞拍照。

塵緣

今世因緣宿世塵，塵緣盡了總相分。南柯夢醒一眶淚，北海超然非此身。
葉落堂前秋復至，雲開月映水無痕。久長何必朝朝暮，但見芸芸物色新。

縱遇

縱遇窮時志不窮，吾師訓勉銘心中。才情使任容佳構，積學覃思倍用功。
高眺征帆千里目，沉浮天海一孤鴻。灰雲黑夜月清白，碧落黃昏日映紅。

天陰

天陰灰淡寂沉沉，鬱鬱山行寒氣侵。路遠如斯心力倦，秋霜幾度滲衣襟。

江湖四十多歧變，弱水三千半瓢甘。紅葉辭枝蕭瑟下，年來又見冷森森。

深宵

深宵耿介對愁眠，情繫素心仰望天。秋葉飄零應有意，寒風吹打落無邊。
殘陽絳紫嫣紅絕，入暮昏黃黟黑延。萬物尋常如往昔，平遼寂寂草芊芊。

傷心

傷心人望絕情人，明滅燈花眼費神。回首愴然凝蠟淚，雲天遐遠映前塵。
平湖百世事畸變，新月一輪夜越銀。水湧急潮來又退，詩魂搖蕩緒粼粼。

傷懷

七夕傷懷心意哀，驚秋聲到獨飛回。已隨流水匆匆逝，但見屋牆片片灰。
淡月疏窗空寂靜，歸舟波影幾徘徊。春分冬至又年矣，黯夜星移夏復來。

漸寒

十一月來天漸寒，山牙隱隱見陽殘。華年淹滯已秋去，久坐無聊對鳥看。
葉影鬱森風淡淡，雲邊渺遠路漫漫。涉園日久徑成趣，岑寂孤松獨盤桓。

註：陶賦「園日涉以成趣，門雖設而常關」，「趣」乃「趨」之借字，非樂趣也。

炎風

炎風陣陣吹難息，缺月之時雲未開。鵬翼垂天終有待，秋深曾約卻無媒。
紅愁綠慘交傷恨，葉落絮飛又幾回。渺遠菁菁細草動，湖心映照水藍灰。

雲天

雲天未見月當頭，十五來時更倍愁。往昔燈光花閃艷，而今夕暗碧波流。
回文織錦連心結，河廣容刀不侶儔。靜夜思思思夜靜，連年影映水長悠。

詩窮

詩窮然後見眞章，較韻應知精細量。該死十三元害事，老生雙四失科場。

北腔南調無高下，古語今音有異鄉。達意傳情容俗雅，一枝紅艷傲冰霜。

註：十三元韻字多變音，採用易出韻。科舉一用十三元韻，倍令考生悵惘不矣，清世有兩次只中四等科名者，某人出聯諷之：「平生雙四等、該死十三元」。

雲開

雲開雲合行如水，海灝海澐浪拍空。月到中秋圓更白，風隨節氣北而東。

色終眞見骷髏相，道悟還須入靜中。日腳匆匆容易過，朝來夜去又寒冬。

蝶夢

蝴蝶夢中不我知，翩翩翻動更心癡。柔情未諳紫釵恨，淚眼凝看紅豆詞。

花發今朝他日謝，雲遮月影誤佳期。南柯枕下人間世，轉瞬韶華歷盛衰。

復臨

地雷復卦今占得，六二之爻變作臨。如是貞咸誠美事，此中吉兆本仁心。
東籬採菊南山望，北海雄碑西岳岑。地大天空人邈杳，迴飛鴻鵠自低吟。

感也

感也澤山卦是咸，金人銘背有三緘。多言多敗戒之愼，謙厚謙恭莫說讒。
賈子壽夭難安策，韓公被貶別國監。寒風斜雨蕭蕭下，蔽日隱天疊重巖。

註：咸，《易經》卦名。上兌下艮，山澤相感應之象。〈彖〉曰：「咸，感也。」《孔子家語・卷三・觀周》：「孔子觀周，遂入太祖后稷之廟，廟堂右階之前，有金人焉，三緘其口，而銘其背曰：『古之愼言人也。』」北魏・酈道元《水經注・江水》：「重岩疊嶂，隱天蔽日。」

仰望

仰望斗牛添緒愁，百思交感此淹留。光陰一去劃然去，欲說還休未盡休。
月白天藍如昨昔，夜涼風冷幾分秋。燈昏偷照蟲聲寂，橫看窗心兩眼眸。

書疊

書疊層層斜又橫，立牆倚壁擬高城。十三經典兼文選，萬卷潛藏千甲兵。
筆路山林半百載，漫天風雨一孤星。耕耘歲月今何已，待曉雲開日放晴。

仿如

仿如鹿撞馬奔騰，悶氣充填心亦曾。此刻塵緣應放下，眞元守抱炁提增。

貪嗔癡念成三毒，戒定慧生化萬能。意想周天雲蕩過，靈犀深處見明燈。

落日

落日昏黃影漸殘，鳥飛回谷遠沙漫。紅輪急轉滾坡下，白浪勢洶湧水灘。
採菊東籬長見望，悠期中道獨觀瀾。清平隱聽斯心曲，古調而今已不彈。

秋勁

秋勁天蒼飛落葉，冬寒水冷耐瑩冰。四時境遇如常過，十卷詩書及晚成。
靜裏深思遍寂靜，明燈望眼倍晶明。夜長而再而長夜，萬籟疏空待曉盈。

重九

菊開驚覺到重九，簾外蕭疏又一秋。雲起風來侵細雨，紅殘綠殞最牽愁。
夢中蝶舞翩翩款，樹上蟲鳴夜夜啾。逝去杳然空寂靜，平湖鏡映月輝流。

秋月

十分秋月亂紅飛，盡日紛紜似雪霏。人事難知眞與假，世情忽轉是而非。
南窗寄傲歸田去，東嶺高風吹袂衣。一抹彤雲千萬里，昏鴉數點入斜暉。

煩憂

棄我去而何所留，亂人心者更煩憂。如流急瀉九千里，似勢狂奔百萬牛。

李白桃紅爭艷發，星輝月朗候深秋。悠悠一片幽森碧，漠漠江湖夜獨舟。

花紅

又見花紅淚未乾，感傷更是似嘗酸。華年荏苒隨緣去，映月流波在意難。
葉落階前翻復轉，菊開秋後已全殘。寄思渺邈無終日，細縷蕭疏有萬般。

學海

學海行舟逾四十，詩書仍好舊時篇。說文切韻兼箋疏，騷賦辭章及斠詮。
潑雨斜橫槎簸動，青雲浮蕩浪高掀。盡心忍性行吾道，栽育莪苗繼志堅。

寂寂

詩心寂寂未成句，獨坐無聊對月銀。
亂緒興焉忽感恨，辭枝花落正傷春。
十九年來如昨昔，百般周折遍風塵。
又分飛燕飛分又，渺遠幽幽細草蘋。

誰與

誰與同遊上舊樓，從來心事獨擔憂。
移東風向因何便，回遍荷香逗客留。
水裏紅蓮觀自在，雲中銀鏡霧添愁。
燈前窗外今如故，斜雨澌澌又近秋。

歡聚

旺角倫敦上四層，華燈閃爍亮晶金。
同窗六子齊歡聚，美食一檯把酒斟。

香菊蛇羹伴薄脆，蓮蓉奶凍更甜甘。開懷暢飲嚐佳饌，蒸炒雙斑勝巨鱘。

註：「甘」為覃韻，粵音與「金」相同，今借用。

潛隱

潛隱隨緣就此居，舊書閒讀寄時餘。靜觀天晚風雷變，慣聽蟲鳴鼠狗噓。

檐角鳥飛仍故故，黃昏日照映徐徐。尋常鬱綠深秋色，筆下詩心亦是如。

鬼神

方言謅議出西漢，粵地語源溯楚濱。說有憑依論可證，今來辨析鬼和神。

訓同聲轉歸爲死，形擬電雷古是申。各自成詞分褒貶，字音衍化義延伸。

註：某問及粵方言及「鬼」、「神」形音義。《說文》：「鬼，人所歸為鬼。」鬼、歸，聲義為訓。電、

雷、申三字古文同源。神，申之引伸義。一時興來，詩以答之。

歲月

歲月如流水急趨，詩心仍舊獨吾孤。循環天道本常變，漂泊江湖誰在乎。
物事但云虛有有，感傷又可實無無。一生一息將何了，自古而今亦不虞。

好風

好風吹送意心閒，此地重來步不艱。曲轉山頭泉白練，直行脊尾水藍灣。
憑高西望摩星嶺，取道東邊往上環。維港航船游鯽鯽，九龍脈勢霧漫漫。

己篇

桂林遊四首

其一

桂林山水甲天下，獵影閑遊話古今。新法同窗同砥礪，舊時記憶記猶深。
奇峰雲海如仙境，疊彩星巖繞道尋。綠翠漓江流不絕，船行風爽入青襟。

其二

倒影漓江見畫巒，流波兩岸氣清寒。隨船景轉七十二，曉日烏迴上三竿。
四大美人如願屬，片金購置更心歡。輕車取路過陽朔，返宿華僑夜賞觀。

註：昔日曾兄購得四大美人陶瓷像，如獲至寶。是次旅程住宿華僑旅店。

其三

漓江回返復前遊，鐵路曉行天近秋。爽氣迎來心廣朗，連峰如畫景清幽。

廂中挑戰馬車局，陣裏方知龍虎儔。勝負未分須告退，站門隱見柳祠疇。

註：車上有人對弈象棋，與友一時技癢挑戰勝方，彼執紅以夾馬橫直車攻來，我方以屏風馬迎擊。

其四

走訪匆匆覓柳侯，遙思緲緲亦添愁。江湖貶謫八司馬，風骨傲然一海鷗。
祠廟亭臺荒曠闊，文章載道起沉浮。西山游記得乎始，長耀千秋獨永州。

蘇杭遊

蘇杭覽景並肩儔，盛夏之時汗浹流。炙熱眞如爐內火，焰炎彷似灶中囚。
朝來東道過南路，夕往西堤轉北遊。擬上黃山觀日出，天時不合未能牟。

海南島遊

漢時合浦寶珠還，瓊島遙遙往返艱。海角東坡曾貶去，天涯南路幾重關。
水深淼淼三亞港，火焰炎炎五指山。禮拜文昌媽祖廟，鹿回頭處會紅顏。

長春行

兼程駁翼赴長春，此地奇寒朔氣瀕。一抹橫灰漸黯黑，漫天飄雪不星辰。
遠來南雁衝風上，遍見北方白草蘋。縱冷未消群士志，論壇熾熱倍精神。

註：昔日北上會議，無直航機飛抵長春，要先在北京轉乘內陸機，行程頗轉折。

重慶遊

一抵山城悶氣舒，同遊雅賞莫躊躇。七層寶塔金菩薩，滿座文昌孔聖儒。
兩訪千年二佛寺，又嚐兼味九斤魚。此行盡興多珍見，勝覽齋中萬卷書。

註：重慶嘉陵江有鰱魚特產，隨嚮導到江邊品嚐，魚肥大重九斤，清蒸燉湯兩食。「儒」為虞韻，粵音與「魚」相同，今借用。

重慶夜遊

嘉陵江水冷如冰，萬里飛來舟轉乘。灘岸寒風飄白雪，山城燈火晚紅層。
笛聲急響機輪動，倒影粼波薄霧蒸。入暮航遊灰黯黯，漫天星耀又何曾。

註：是夜坐船出遊，天黯微雨，舉頭不見星月。

登華山二首

其一

巍峩西嶽萬千尋，索道懸軒勢險森。起伏虯龍盤絕嶺，迴飛鷙鳥振哀音。
崎嶇谿徑青衫客，跌蕩江湖赤子心。碧落丹霞沈暮靄，風寒霧泊斂衣襟。

註：《說文》：「軒，曲輈藩車。」本為車之統稱，後有借稱房室、書齋。

其二

薄霧登高緩步尋，凌霄頂閣氣疏森。攀峰百丈千層石，落雁一聲萬壑音。
眼底江山多嫵媚，天涯倦客覓知心。直須訂下終焉計，逸興橫來動我襟。

無錫行

復遊無錫地，往昔事依稀。今到鼋頭渚，風華物盡非。湖心平似鏡，朔氣緊侵衣。

白露濛濛雨，玄鷗點點飛。島中人跡罕，灘上路逶迤。徑過仙橋道，緣慳月老祠。
裹蒸黑糯飯，奇特紫花姿。飽食增溫暖，驅車再騁馳。雙城遠在望，睥睨豎旌旗。
畫戟轅門側，款關展盛儀。三英戰呂布，對陣爭雄雌。歷史今重演，仿眞決鬥時。
礮轟響霹靂，策馬力窮追。刀劍槍迎敵，劈挑刺並施。鳴金兩退走，熊虎勢相持。
好戲終收結，嘉筵快朵頤。黃昏紅日下，樂滿同途歸。

註：無錫太湖上有一島，有專船往返。島上有擬古名勝，會仙橋、月老祠各置一方，當日取道會仙橋。及後到當地擬古三國、水滸影城遊覽。城內有表演臺，是日上演三英戰呂布，場面壯觀，動態精彩。觀罷到酒家晚宴，美食可口，亦盡雅興。

西安遊三首

其一

秋日西安作客遊，晨飛鐵翼與朋儔。古城遺址三千載，兵馬秦陵百萬髏。

黃帝故宮大雁塔，驪山壺口半坡邱。攀梯直抵九華嶽，暮夜星空望斗牛。

其二

斯年赴會往西安，天色灰灰風亦寒。荐福慈恩雙雁塔，芙蓉形影一牆垣。

驪山繡嶺九龍頂，華嶽奇峰三絕觀。鐘鼓層樓遙對望，暮晨聲徹入齋壇。

註：西安有大唐芙蓉園。驪山繡嶺最高峰為九龍頂。西嶽華山有東南西三峰，號稱天外三峰。垣，元韻，粵音「觀」、「垣」韻同，今借用。

其三

西安漠漠古城垣，順繞循行十八門。自唐韓建興修築，及滿乾隆起護樊。

牆上平臺堪走馬，樓邊層閣豎旗幡。沿梯攀頂高瞭望，暮色沉沉夕照昏。

註：唐佑國軍節度使韓建及清乾隆曾大力修築西安古城牆垣。

勉縣武候祠

武侯祠廟勉西尋，古柏參天氣亦森。綠葉堦前餘碧影，黃鸝樹上囀佳音。
三分天下隆中策，六出祁山復漢心。皇業垂成身便死，忠魂長淚濕衣襟。

勉縣馬超墓二首

其一

威侯丘墓遠來尋，勉縣城西古柏森。北望雷峰高矗勢，南臨惠水響清音。
一生孝義忠貞士，萬世英雄蜀漢心。遺恨賊曹終未滅，堂前奠祭淚飛襟。

註：蜀漢驃騎將軍馬超墓在陝西勉縣定軍山附近，北依雷公山，南向漢江河，墓地前後院為漢惠渠隔開。

其二

馬超古墓我來尋，勉地蕭然柏氣森。文武兼資堪景仰，嗣宗同脈異鄉音。

兵屯渭水殲曹賊，魂斷秦山保漢心。節義千秋昭日月，清香一炷錦袍襟。

漢中遊二首

其一

遠訪漢中楚客遊，列車夜走簸如舟。入關破曉參司令，獻酒官廳會督郵。
韓信將臺思相國，孔明祠廟望威侯。兩朝文武皆勳烈，青史千秋龍虎儔。

註：與劉君往漢中拜會秘書長，長官盛情款待，又召其下屬驅車引路走訪當地名勝古蹟。

其二

徹夜兼程赴漢中，遠來景仰古遺蹤。威侯信著鎮西北，諸葛功高盡瘁忠。
飲馬池潭懷赤帝，褒斜棧道勢如弓。淮陰拜將壇仍在，隱見川迴戰陣容。

註：是次行程先到西安再轉乘通宵火車往漢中，到訪名勝有武侯祠、馬超祠墓、褒斜谷石門棧道、飲馬池、拜將壇等。

澳門遊

雙翼飛船浪濺花，一天雲彩艷如葩。馬交嘉會尋名勝，夏日良辰訪府衙。
塔頂高居覽八景，路環媽閣繞三巴。佳朋雅聚齊同樂，美食細嚐再品茶。

註：是次與謝兄伉儷及諸生往澳門一日遊，順道拜訪張學長，可惜不遇。

東京遊二首

其一

東京縱冷意不屯，姊弟同遊倍心溫。天樹入雲晴空塔，都廳展望夜月琨。
名山富士皚白雪，肅穆皇居黯灰垠。歌舞伎町燈熣燦，共嚐新宿燒肉豚。

註：東京建有晴空塔，英文名稱為SKYTREE。東京都廳內有觀景臺，觀賞夜景最佳。皇居有三層櫓樓，乃明治時建築，今所見牆垣乃昔日石構，牆腳黯灰石垠歷歷可見。

其二

嚴寒鐵道走東京，遠赴鎌倉喜放晴。長谷寺中銅佛像，江之島下畔涯瀛。
青山隱隱紅霞映，白水層層銀浪迎。幕府雄豪今已去，鷲鵟得食競飛鳴。

註：是日早上頗寒，先赴鎌倉觀看魚市場，再往長谷寺拜佛。午後坐古鐵道火車到江之島，此島以觀日落聞名。黃昏時分，天上有多隻鷹鷲高飛追逐爭食，吖吖鳴叫，頗添蒼涼氣氛。

北海道遊三首

其一

清晨飛往新千歲，札幌我來日已昏。七夕成雙參儷影，一輪霓曜艷繽紛。
小樽精緻琉璃珮，北地運河醴釀醇。四季彩丘花遍地，紫紅薰馥滿山春。

註：當日適逢札幌七夕佳節，黃昏時分甚多少男少女穿着傳統和服上街，好不熱鬧。市內有一巨型摩天輪，燈飾閃爍，華麗非常，增添不少浪漫氣氛。

其二

遠征札槐北東南，初試輕車作騁駸。古柏神宮幽且靜，清池水影靛而藍。

花團錦繡富良野，路遶環通勝地嵐。霧雨紛飄攀索道，緣慳登頂黑山領。

註：當日天寒有雨，路濕難行，遊人甚少，上山路口已豎立警示告文，不准登頂。領，《廣韻》及粵音皆有平、上二音。

其三

旭川取路往東行，繞上道央道漸亨。世紀導航新技術，輕車載駛舊途征。

濛濛灰霧層雲峽，黝黝黑山微雨迎。空氣幽清人健好，臨高觀望遠涯瀛。

註：北海道主要分為道北、道央、道南、道東幾個大區域。黝，《廣韻》有平、上二音，本詩讀作仄聲。

雙城遊

歐星特快訪雙城，姑侄同遊舅與甥。大笨鐘聲如浪蕩，白金漢殿閱英兵。

凱旋門下循環道，鐵塔雲邊伴月盈。兩地風光人美善，華燈夜飾亮晶明。

註：歐洲之星EUROSTAR為高速鐵路名稱，其中有由英國倫敦開至法國巴黎快線，往來兩城，非常便捷。

北海道重遊五首

其一

鐵翼鴻飛赴北海，清晨發軔自南州。炎風送我跨千里，假日消閒載兩遊。
恬靜民生如舊故，精修物產創新猷。一開懷抱心舒泰，美景怡人逗客留。

其二

六月啟程征北海，五稜郭地位南方。遠尋相馬古居邸，再覓湯倉神社崗。
一索纜車迎嶽上，萬家燈火耀平莊。維新百五年心力，伊達英豪振此邦。

註：五稜郭乃古戰場遺址，明治時幕府伊達正宗發跡於此，在北海道南處。是次遊歷經相馬古邸、湯倉神社，又到山頂觀賞夜景。日本明治維新始於一八六八年。

其三

函館驅車北轉東，天清氣爽八雲峰。遠來漸覺人疲倦，繼走仍須心力雄。
微雨伴行菁曲徑，溫泉歇宿綠之風。繁星今夜緣慳了，展望洞爺湖上逢。

註：車行數小時才到綠之風溫泉旅館，是夜天陰多雲，未能仰觀星象，悵然。

其四

清晨往赴洞爺湖，路轉畯疇飛雀烏。如鏡銀盆寬廣闊，遠尋魂劍喜高呼。
山嵐鬱綠靜流晚，星火燦然跳瀉珠。珠瀉閃金如降傘，傘輝濺劃滿天弧。

註：洞爺湖尋訪銀魂專門店，購得真實版木刀，是夜湖邊有煙花發放，火花燦爛，漫天星雨，非常動人。

其五

驅車繞徑上高崗，沿路崎嶇更志剛。幌見薰衣草遍野，遠觀札市好風光。
轉尋頭大佛圓殿，許願磬聲水皺坊。雅興而來嚐素食，靜心品味倍芬芳。

註：札幌市有幌見峠薰衣草園，位於山上，駛車而上，迂曲險徑，可遠眺市內風景。頭大佛殿乃名家安藤忠雄設計，入口建一水上庭園，此為矩形人工自動流水池，水波皺起緩動，別有情韻。

京都遊三首

其一

寒冬佳日往京都，早起航飛越海皋。天色蔚藍雲雪白，驕陽紅焰映丹朱。
訪尋勝地高山寺，漫畫擬人蛙兔狐。眞跡千年藏諷喻，鳥僧筆下見歡娛。

註：高山寺創建者為日本鎌倉時代明惠法師。寺內有大量繪畫、典籍藏品，其中以「鳥獸戲畫」最聞名，蛙、兔、狐之擬人筆法更是生動精彩，滿是童趣。

其二

高山名勝兩同尋，破曉平明樹影森。千載如來盤坐像，一川紅葉錦流音。
金堂封葺未能見，石水院庭倍靜心。紙本珍藏存四卷，畫圖人獸筆功深。

註：高山寺有石水院、金堂、茶園等佳處，當日金堂正封閉修建，未能入內。

其三

天龍古寺曉來看，紅葉層層金紫丹。方丈堂前虛淨想，千年構築誦經壇。

竹林夾道幽深綠，渡月橋邊霽淺灘。風貌人情兼善美，嵯峨勝景賞心歡。

後記

余詩之作，乃一時感興而成，本乃一人之事，不值刊見。近年講課稍有餘暇，重修拙稿，稍加整理，選注記述，輯爲六篇。

詩稿承蒙萬卷樓張晏瑞先生俯允，可於臺北付梓刊行，特此致以萬鈞謝忱。

月前呈稿予李學銘教授批評指導，受益殊深。後學不敏，承蒙多年錯愛，鼓勵提攜，銘感萬千。今李教授賜贈鴻文爲序，誠是至珍貴寶，曷勝厚幸。

謹賦五古一首酬答：

鴻儒傳正統，教授學深淵。業德享高譽，聲名勝萬千。
精通文史哲，述著鉅瓊篇。研究開先路，清流貫百川。
南風草偃動，奮力道擔肩。新亞謙君子，敦仁彌篤堅。
耨栽遍大地，啟導倍周全。知我詩心意，贈言策勵前。
隆情長銘記，黽勉自當延。祈願人嘉好，安康月滿圓。

耑此，以萬分至誠，再三拜謝。

顯慈謹識　二〇二二年五月

望雲窗詩稿

文化生活叢書 詩文叢集1301070

作　　者　馬顯慈
發 行 人　林慶彰
總 經 理　梁錦興
總 編 輯　張晏瑞
責任編輯　張晏瑞
排　　版　游淑萍
封面設計　百通科技股份有限公司
印　　刷　百通科技股份有限公司
出　　版　萬卷樓圖書股份有限公司
發　　行　萬卷樓圖書股份有限公司
臺北市羅斯福路二段四十一號六樓之三
電話 (02)23216565　傳真 (02)23218698
香港經銷　香港聯合書刊物流有限公司
電話 (852)21502100
傳真 (852)23560735
ＩＳＢＮ　978-986-478-668-8
出版日期　二〇二二年五月初版
定　　價　新臺幣三二〇元
如有缺頁、破損或裝訂錯誤，請寄回更換

國家圖書館出版品預行編目資料

望雲窗詩稿 /馬顯慈作. -- 初版 . -- 臺北市：萬卷樓圖書股份有限公司, 2022.05
面；　公分.--（文化生活叢書 · 詩文叢集；1301070）
ISBN 978-986-478-668-8（平裝）

851.487　　111005567